Du même auteur
(Sélection)

La Contraction de texte, Ellipses, 1998.

Les Nuages de Magellan, roman, L'Harmattan, 1998.

La Synthèse de textes, Ellipses, 1999.

Les Genres littéraires, Armand Colin, « 128 », 2001, rééd. 2016.

Petit manuel de conversation, Studyrama, 2005.

Dictionnaire du roman, Armand Colin, 2006.

Q.C.M. de culture générale, avec Daniel Fouquet, Ellipses, 2007.

Écoles et courants littéraires, Armand Colin, 2008, rééd, 2015.

Q.C.M. de culture contemporaine, avec Daniel Fouquet, Ellipses, 2009.

Petit inventaire des citations malmenées, avec Paul Desalmand, Albin Michel, 2010.

Dictionnaire des vraies fausses citations, avec Paul Desalmand, Albin Michel, 2011.

Eudoxe ou une initiation toulonnaise, roman, Gehess, 2010, rééd. Sudarènes, 2015.

365 Proverbes expliqués avec Paul Desalmand, Le Chêne, 2010.

365 Expressions expliquées avec Paul Desalmand, Le Chêne, 2011.

365 Expressions bibliques et mythologiques expliquées, avec Paul Desalmand, Le Chêne, 2012.

365 Mots nouveaux expliqués, avec Paul Desalmand, Le Chêne, 2013.

365 expressions latines expliquées, avec Paul Desalmand, Le Chêne, 2013.

365 mots de l'amour et de l'amitié, avec Paul Desalmand, Le Chêne, 2015.

365 éponymes expliqués, avec Paul Desalmand, Le Chêne, 2015.

L'Homme des phares, roman, Sudarènes, 2017.

Les 100 mots du roman, Presses Universitaires de France, « Que sais-je ? », 2017.

La Littérature française en 100 romans, Le Chêne, 2018.

Brèves leçons sur Ulysse et sa Méditerranée, Publilivre, 2018.

Abécédaire d'ovalie- Le rugby de A à Z, avec René Bastelica, Publilivre, 2019.

De l'écran à l'autel – La double carrière du bon abbé Galli, roman, Publilivre, 2019.

Jusqu'aux étoiles – L'épopée tragique du Dixmude et de son commandant, roman, Publilivre, 2020.

Le Colonel et la Vénus, roman, Sudarènes, 2021.

Mais que fait cette grenouille têtue comme un âne dans le bénitier ? Christiane Bonneton, 2021.

En deux temps et trois mouvements et sans y aller par quatre chemins, Christiane Bonneton, 2022.

Jouer les Cassandre sans tomber de Charybde en Scylla, Christiane Bonneton, 2022.

FILLE AÎNÉE DE MES ILLUSIONS

Le grand amour secret de Jean Aicard

Yves Stalloni

FILLE AÎNÉE DE MES ILLUSIONS

Le grand amour secret
de Jean Aicard

Roman

Sudarenes Editions

Ce roman est inspiré de faits et de personnages réels. L'auteur a utilisé, pour leur redonner vie, divers documents et archives ainsi que des correspondances privées auxquelles il emprunte des passages ou des phrases. De nombreuses citations sont tirées des œuvres de Jean Aicard. Les ressources de l'imagination ont parfois été sollicitées pour ajuster l'ensemble.

Conception de la couverture : Véronique Toussaint

Dessin de la quatrième de couverture : Louis Imbert

Il me semble que je vois sortir des flancs du Saint-Gothard ma sylphide des bois de Combourg. Me viens-tu retrouver, charmant fantôme de ma jeunesse ? as-tu pitié de moi ? Tu le vois, je ne suis changé que de visage ; toujours chimérique, dévoré d'un feu sans cause et sans aliment. [...] Cette tête, que ces cheveux qui tombent n'assagissent point, est tout aussi folle qu'elle l'était lorsque je te donnai l'être, fille aînée de mes illusions, doux fruit de mes mystérieuses amours !

CHATEAUBRIAND
Mémoires d'outre-tombe, Livre 36, ch. 11
Gallimard, Bibliothèque de La Pléiade, T. II, p 582

1

Quand, depuis la fenêtre du train, il commença à voir les contours brumeux de la vieille ville de Genève d'où émergeait la flèche de la cathédrale Saint-Pierre, le poète retrouva peu à peu sa bonne humeur. Il avait quitté Paris contrarié, irrité par le peu d'empressement que mettait Georges Patinot, le directeur du *Journal des débats politiques et littéraires,* à faire paraître en feuilleton son nouveau roman intitulé *L'Ibis bleu.*

Peut-être le titre manquait-il de force suggestive, peut-être n'était-il pas assez vendeur pour ce marchand de papier, peut-être avait-il le défaut de ne pas annoncer clairement le sujet de l'intrigue, une histoire d'adultère dans l'esprit du chef d'œuvre russe qui venait d'être traduit en France, l'admirable *Anna Karénine.* Certes le nom de Jean Aicard était moins célèbre que celui de l'immense Léon Tolstoï (qui, conquis par cette côte varoise chère au poète, avait fait un long séjour à Hyères où son frère s'était éteint), mais il était loin d'être inconnu. Le roman précédent, *Le Pavé d'amour*, dont l'action se passait à Toulon, la ville natale d'Aicard, avait été particulièrement bien accueilli, y compris à Paris où, pourtant, on considérait avec réserve les tentatives romanesques d'un auteur surtout connu en tant que poète, éventuellement de dramaturge. Près de vingt recueils de vers suffisaient à illustrer les priorités littéraires de cet écrivain venu de Provence. Se mettre au roman à plus de quarante ans ressemblait à une trahison qui pouvait déconcerter le public.

Ce que lui avait fait comprendre Patinot qui, malgré tout, et bien conscient de tenir avec Aicard un auteur populaire, avait consenti à fixer une date pour la parution des premiers chapitres : le dimanche 30 avril 1893, c'est-à-dire dans une vingtaine de jours. Et l'ensemble de la publication devait courir jusqu'à l'été, en huit livraisons, façon d'arriver à l'échéance retenue pour la publication en volume chez Ernest Flammarion, à la fin du mois de juin.

Pour l'instant, Jean, que tout le monde continuait à appeler « le poète », arrivait à Genève sans qu'aucune ligne de son nouveau livre ait pu être parcourue par les lecteurs suisses ni français. L'objet de sa visite tournait pourtant autour de cet *Ibis bleu* dont la presse locale commençait à parler et dont l'auteur devait assurer le lancement et la promotion. Il lui faudrait utiliser les manuscrits et créer le désir par la lecture d'extraits bien choisis. Jean avait confiance dans ses moyens de séduction et dans son éloquence.

Ce voyage en Suisse pouvait être, d'après ses calculs, le cinquième. Le premier avait eu lieu en 1878 – l'année de ses trente ans – à l'occasion de sa traduction poétique de l'*Othello* de Shakespeare dont cinq comédiens du Français étaient venus jouer certaines scènes sur les bords du Léman. Il gardait aussi le souvenir de l'accueil très favorable que ses conférences sur le sujet avaient reçu à Genève, à Neuchâtel et à Lausanne, selon un circuit qui deviendrait rituel. Pour la circonstance, il avait été élu membre honoraire de la très respectable *Société des Belles-Lettres* de la ville de Lausanne.

Jean Aicard se sentait comme chez lui en Suisse, et s'y était fait des amis, comme le poète neuchâtelois Philippe Godet qui lui avait envoyé le poème « L'Areuse », texte prometteur qu'il allait se charger de placer dans une revue. Ou le professeur Raoul Pictet, physicien reconnu et homme de culture, qu'il avait rencontré par hasard à l'occasion d'un dîner en 1879. Sans doute allait-il revoir l'un et l'autre à l'occasion de ce nouveau séjour.

Le train approchait de la gare de Cornavin, en plein centre de la capitale du pays lémanique. Le voyage avait été assez long, sans péripétie particulière, dans cet express de première classe qui avait quitté Paris à 20 heures 40. Les conditions de voyage nocturne s'étaient révélées plutôt confortables, un peu moins après l'étape de Mâcon, vers six heures du matin, quand le rapide avait pris la direction de Genève où l'arrivée était prévue à 10 h 35. On venait de dépasser onze heures depuis une dizaine de minutes, un retard peu compatible avec la ponctualité helvétique mais que l'on pouvait juger acceptable et qui ne contraria guère le programme du voyageur.

Celui-ci commençait à ranger ses affaires, et notamment ses papiers et ses notes qu'il se préparait à glisser dans un large portefeuille de cuir. Deux ou trois feuillets remplis de sa belle écriture laissaient deviner un alignement de vers, ceux qu'il avait composés en redécouvrant, depuis la fenêtre du compartiment, les somptueux paysages enneigés qui, indiscutablement, méritaient une célébration poétique. Il pourrait les lire devant les assemblées de connaisseurs venus l'écouter : l'hommage aux montagnes était toujours un thème reçu avec enthousiasme en ces lieux proches des Alpes.

Il prit garde à ne pas oublier le grand chapeau à larges bords, ni l'ample manteau dans lequel il aimait à s'envelopper – la Suisse, même en avril, ne permettait pas de sortir en veste ou en chemise, comme il l'aurait fait en Provence où il retournerait bientôt. Sa canne en ébène et son sac de voyage (rempli de livres à offrir à ses hôtes) complétaient son bagage.

Le train arrivait à son terminus. Un représentant de la *Société des Arts*, l'institution à l'origine du déplacement, était chargé de venir l'accueillir à la gare. Grâce à des portraits, la physionomie de Jean Aicard était familière, même à ceux qui ne l'avaient jamais rencontré : un visage bien proportionné, un peu anguleux, encadré d'une barbe fournie s'achevant en double pointe, une chevelure abondante au-dessus d'un front légèrement dégarni, bouclée, du même noir que la barbe, plutôt désordonnée. Un regard clair, une prestance noble et avantageuse, un pas assuré, une distinction souriante. Le poète ne pouvait pas passer inaperçu. Bien qu'il ait changé, un peu épaissi au regard de sa représentation, en compagnie de confrères artistes, dans le célèbre tableau de Henri Fantin-Latour, *Un Coin de table*. Plus de vingt ans déjà.

Alors qu'il se dispose à quitter son compartiment, Jean semble avoir oublié sa morosité parisienne, un sentiment qui, d'ailleurs, n'avait pas de justification sérieuse. Patinot était finalement un bon professionnel et *L'Ibis bleu* devait paraître à une date qui n'empêcherait pas son auteur d'aller prendre, comme il en avait l'habitude, ses quartiers d'été dans le midi. Le poète pourrait trouver refuge, dès la mi-juillet, à La Garde, près de Toulon, aux *Lauriers*, cette chère bastide entourée de verdure où il aimait à venir se reposer et, plus encore, à trouver la tranquillité propice à l'écriture. Le séjour, cette année, devrait se prolonger jusqu'en octobre, puisque le poète avait été sollicité par son ami le docteur Ségard pour prononcer le discours d'accueil à l'occasion de la visite de la flotte russe à Toulon, en présence du Président Sadi Carnot.

Aicard était devenu, sans le vouloir, le spécialiste des harangues officielles.

Mais nous en sommes encore loin, et un homme en redingote à l'allure sévère s'approche de lui : le délégué de la *Société des Arts* est là qui lui souhaite la bienvenue et l'entraîne vers la sortie. Le poète doit être impatient de regagner son hôtel pour prendre un peu de repos et préparer l'intervention du lendemain, 5 avril, annoncée dans le *Journal de Genève* du 30 mars dont l'homme grave lui remet un exemplaire et que Jean parcourt avec un frisson de vanité : « *Parmi les écrivains français contemporains, il en est peu dont le nom soit plus populaire à Genève que le poète Jean Aicard. Il y compte de nombreux amis personnels et beaucoup plus encore d'admirateurs. Notre génie national, individualiste et spiritualiste, lui sait gré de sa fière indépendance à l'égard des coteries et des écoles, et du courage avec lequel il a toujours revendiqué, en face du naturalisme dans lequel s'est trop longtemps complu la littérature française, les droits de la justice, de l'idéal, de toutes les grandes idées qui font la valeur de la vie et la noblesse de l'humanité.* » Suivaient quelques rappels des précédents séjours en Suisse : « *On n'a pas oublié les visites qu'il nous fit à deux reprises, et tous ceux qui l'ont entendu lire sa belle traduction d'*Othello *ou le gracieux poème de* Miette et Noré *se rappellent comment il sait, en les disant, faire vivre ses œuvres et quel relief leur donnent sa physionomie expressive et sa voix flexible, tour à tour vibrante et caressante. Aussi tous nos lecteurs accueilleront-ils avec une vive satisfaction la bonne nouvelle qu'il nous donne lui-même en tête du feuilleton, signé de son nom, que nous publions aujourd'hui, de son prochain retour parmi nous. M. Aicard se propose de lire dans deux conférences, qui auront lieu entre le 5 et le 12 avril, à l'Athénée,*

15

un roman idéaliste inédit : L'Ibis bleu *et plusieurs poésies, également inédites. Nous pouvons lui prédire un entier succès.* »

« Voilà qui me change de la rudesse de la presse parisienne, se dit pour lui-même le poète. C'est toujours agréable d'être attendu avec impatience et d'être apprécié. Presque huit ans que je ne mets pas les pieds en Suisse, et on se souvient toujours de moi ! Je devrais venir plus souvent. »

Le Palais de l'Athénée, siège de la *Société des Arts*, est situé au cœur de la ville historique, rue de l'Athénée, à proximité de la Place-Neuve, du Consulat de France, de l'Université de Genève, de la Bibliothèque d'art et d'archéologie et du Musée d'art et d'histoire. La conférence que doit prononcer le poète français se tiendra dans la salle dite « des Abeilles » qui tient son nom de la frise et du plafond peints par l'artiste genevois Jean-Jacques Dériaz. Une centaine de personnes, dont beaucoup de dames emmitouflées dans des fourrures, sont présentes en ce début d'après-midi, alors qu'il fait, à l'extérieur, une température glaciale. On attend l'orateur.

Sur la scène, celui-ci devise amicalement avec le président Restaud qui, dans un court moment, va le présenter au public. Il semble détendu, amusé d'être là, flatté aussi d'être l'objet d'attentions, de multiples prévenances de la part d'organisateurs empressés. Il a quitté son costume de voyage et sa mise est soignée, une cravate claire, nouée par-dessus un gilet du même drap que le veston, attire le regard et atteste un discret souci d'élégance. Il n'est plus très jeune, comme le révèle quelques filets blancs dans sa barbe, mais il se tient bien droit, un peu cambré, la main gauche sur la hanche, la tête relevée. Une présence d'acteur.

Quand il prend la parole, c'est d'une voix retentissante, ferme, légèrement teintée d'inflexions chantantes, vibrante et même musicale. Une voix de poète, même pour prononcer des phrases convenues : « Je suis très touché de l'honneur qui m'est fait. Il m'est très doux d'être invité dans une ville amie où l'on s'est toujours montré avec moi d'une extrême bienveillance. Genève est à mes yeux une parcelle de France hors de France et une véritable oasis de bon sens et d'honnêteté avec, en plus, ce clair et franc génie helvétique. Merci, chers amis ! »

Le poète pense-il aux rudes combats qu'il lui faut mener à Paris pour s'imposer dans le monde des lettres ? Pense-t-il aux atermoiements du trop prudent Patinot du *Journal des débats* ? Aux confrères jaloux ou mal intentionnés ? Aux éditeurs trop clairement soucieux de rentabilité ? Il poursuit :

– Je suis ici pour vous parler de poésie, le plus pur des langages, le plus noble, le plus désintéressé, le plus fraternel, et aussi d'un roman idéaliste inédit dont je voudrais vous lire un extrait à valeur de confidence qui peut faire office de présentation personnelle : « *Je suis pour les sincères. Loyauté, sincérité, franchise, cela contient tout : tout, c'est-à-dire réalité et idéal, aveu du mal et désir du bien ! Et cela c'est l'idéalisme sensé contre lequel rien ne peut prévaloir, l'idéalisme de l'homme qui est bien forcé de marcher sur terre avec des pieds lourds, mais qui a tourné en haut son visage et qui regarde l'homme à la hauteur du regard ! J'appelle cela l'idéalisme à pied. Et moquez-vous de moi si vous voulez.* » Vous trouverez ces phrases dans *L'Ibis bleu*, roman qui paraîtra en feuilleton dans quelques jours, mais je les prends à mon compte, je me les applique, et je suis convaincu de m'adresser à des femmes et des hommes qui les approuvent et les partagent.

Le thème est posé. La suite ne sera, pendant plus d'une heure, qu'un ensemble de variations, illustrées de lectures, autour du sujet : celui de l'amour de l'autre, de la droiture morale, du respect des humbles et de l'aide aux plus faibles, de la pitié, de la réhabilitation des grandes valeurs humanistes : la générosité, l'indulgence, le désintéressement, le courage, la solidarité. Ce n'est plus un poète qui parle, c'est un sage. Tout poète d'ailleurs n'est-il pas un peu moraliste ? Certains, dans l'auditoire, pensent à Victor Hugo, génie de la poésie et défenseur des causes justes. Aicard, précisément, cite le maître, s'enorgueillit de lui avoir exprimé son admiration, d'avoir reçu ses conseils, ses encouragements. L'auteur des *Misérables* a quitté la vie il y a moins de dix ans, mais il est toujours présent dans les mémoires. Faire confiance aux grands auteurs quand ils sont de grands hommes. Les longs applaudissements, à la fin du propos, récompensent le tribun autant qu'ils félicitent l'homme de cœur. Jean Aicard sourit en s'épongeant le front.

Alors qu'il continuait à serrer des mains d'inconnus et à répondre à des admiratrices fardées, le conférencier vit venir à lui un personnage joyeux et de belle taille qui lui ouvrit les bras, l'étreignit avec force, le fixa longuement d'un regard aigu avant d'exprimer de chaleureux remerciements limités à quelques mots :

– Cher poète, bravo ! Cher ami, merci.

Jean reconnut immédiatement le professeur Raoul Pictet, grand physicien, savant mondialement connu pour ses travaux sur le froid et la liquéfaction de l'oxygène, industriel entreprenant en France, en Allemagne et en Suisse, d'où il était originaire et où il habitait le plus souvent, dans une grande propriété que possédait la famille aux portes de Genève.

Leur première rencontre avait eu lieu dans cette ville, chez des amis, en 1879, lors du premier voyage du poète en Suisse. L'entente avait été immédiate. Le grand savant qu'était déjà Pictet ajoutait à ses qualités de chercheur des talents d'organisateur et d'enseignant, comme il l'avait prouvé en Égypte où il avait séjourné plusieurs années, se faisant apprécier du khédive, créant le département de Physique de l'Université du Caire et imaginant la production de glace dans un pays qui en sentait l'impérieuse nécessité. En société, l'homme se révélait d'un commerce délicieux, cachant son érudition sous une bonhomie familière, sous des dehors espiègles et un penchant pour les sous-entendus ironiques. On lui reconnaissait aussi une vraie sensibilité littéraire et un goût prononcé pour la poésie dont il maîtrisait l'histoire et les pratiques. Jean l'avait revu plusieurs fois lors de ses divers voyages en Suisse, et même à Paris où Pictet avait enseigné à la Sorbonne pour un cours très suivi et au Collège de France où il avait en outre créé une unité de recherche.

Depuis, le savant avait encore gagné en notoriété (malgré quelques revers en ce qui concernait l'exploitation industrielle de ses découvertes), mais n'avait rien perdu de sa jovialité, de son anticonformisme et de son amour de la vie qu'on pouvait qualifier de juvénile, bien qu'il avançât en âge, de deux ans l'aîné de Jean. Les deux hommes en arrivaient à se ressembler : un large front, une barbe bien taillée, un regard vif, un vêtement recherché. Pictet, toutefois, dépassait Aicard d'une bonne tête et ne tenait pas en place : l'impatience du chercheur, contrastant avec la nonchalance du poète.

– Cher ami, j'ai été littéralement conquis, s'exclama-il en prenant les mains de Jean. Vous êtes un homme de cœur et un grand esprit. Je me sens fier de faire partie de vos amis. Merci pour ce moment de grâce, et merci aussi pour les lignes que vous avez confiées à la presse concernant mes médiocres causeries. Je n'en méritais pas le dixième et je reconnais là votre grande générosité.

Pictet faisait allusion à un long article donné par Aicard au *Journal de Genève* et paru quelques jours plus tôt. L'écrivain y rendait compte de l'intervention du professeur Pictet chez Juliette Adam qui inaugurait, dans son hôtel particulier du boulevard Malesherbes, un cycle de *Causeries scientifiques*. L'éminent physicien avait prononcé, dans le petit théâtre aménagé à cet effet, trois conférences philosophiques réunies sous le titre *Le Libre arbitre et la physique expérimentale.* L'article de Jean Aicard louait la hauteur de vue du conférencier et ses conclusions de nature spiritualiste, terme et concept considérés par lui comme essentiels. De longs passages de la conférence étaient reproduits et la thèse se trouvait déclinée sous diverses formes. À partir d'idées fortes : le beau et le bien l'emportent sur le vrai et le juste ; la vertu morale dépasse en considération le savoir et le rayonnement social ; la renaissance spiritualiste et idéaliste triomphera dans l'art et la littérature à la fin de ce XIXe siècle. Ce qui revenait à condamner le pessimisme répandu par Hartmann ou Schopenhauer et l'ironie ou la noirceur cultivées par la littérature naturaliste inaugurée par Flaubert et poursuivie par Zola, des maîtres à respecter, mais à ne pas imiter. La quasi totalité de ce qu'avait écrit Aicard depuis vingt-cinq ans était imprégnée de ces idées. Le savant suisse retrouvait, à partir de ses réflexions scientifiques, ce que le poète provençal avait découvert grâce à ses intuitions. Une phrase du chroniqueur devait résumer la thèse : « *Contre cette tyrannie obscure et absolue des milieux et des faits, la Vie même se dresse indignée* ».

Raoul Pictet venait précisément, sans effort de mémoire, de rappeler cette phrase remarquable à celui qui en était l'auteur. Puis, l'œil rieur et le verbe haut, après avoir une nouvelle fois exprimé ses félicitations et manifesté sa reconnaissance, il se tourna vers une jeune fille restée discrètement debout au bas de la scène, au milieu d'un groupe d'étudiants, à qui il adressa, tout en parlant, un signe d'invitation à les rejoindre.

– Je voudrais vous présenter une petite personne qui vous admire, qui a lu tous vos livres, connaît par cœur vos vers et aime à vous citer. C'est ma deuxième fille, Violette, ma préférée – mais c'est quelque chose à ne pas dire, comme le répète Hélène, mon épouse, qui, souffrante, n'a pas pu venir vous écouter et vous prie de l'excuser.

– Je suis navré pour la santé de Madame Pictet à qui je vous demande de transmettre mes hommages. Mais la présence de votre fille Violette – quel joli nom ! – me paraît de nature à compenser cette absence que toutefois je regrette. Approchez, mademoiselle.

Une frêle silhouette s'est détachée du groupe, a gravi les marches et s'est présentée au poète qui, croyant voir apparaître une nymphe ou une sylphide, se répète la question que se posait Chateaubriand en franchissant, un soir d'orage, le Saint-Gothard et se souvenant de son adolescence à Combourg : « Me viens-tu retrouver, charmant fantôme de ma jeunesse ? […] Fille aînée de mes illusions, doux fruit de mes mystérieuses amours ? » Ces amours que l'écrivain breton qualifiait de « mystérieuses » Jean, pour son compte, aurait pu les nommer « décevantes ». Car si la littérature lui procurait d'heureuses satisfactions, le territoire affectif qui était le sien ressemblait à une lande désolée. Lui qui avait tant chanté l'amour sous toutes ses formes, n'avait jamais réussi à le vivre pleinement. Des aventures, des liaisons, des passades et jamais une passion sérieuse, de celles qui engagent et s'inscrivent dans la durée.

Violette est là, qui se tient silencieusement face à lui.

Il prend le temps de regarder la jeune adolescente, visage d'enfant et corps de femme, tenue sage et regard provocateur, sourire d'ange et allure sensuelle. Pourquoi cette émotion au moment de lui adresser un compliment ? Pourquoi le maître du verbe balbutie-t-il maladroitement ? Pourquoi l'homme vieillissant se prend-il soudain pour un soupirant ? Violette est une fée, Violette est un mystère, Violette est un miracle. Fallait-il que cette rencontre survienne maintenant, en un lieu étranger, dans des circonstances conventionnelles, alors qu'à quarante-cinq ans il pensait éteinte la flamme du sentiment ? Si c'était elle la « fille aînée de ses illusions », si c'était elle qui devait le réconcilier avec les élans du cœur, qui devait l'aider à entrer dans le grand âge avec l'âme d'un jeune homme ?

Le malicieux professeur Pictet semble avoir perçu le trouble du poète et vole à son secours :

– Violette après sa maturité, va entamer des études de lettres : la science physique a des charmes qui ne la touchent guère, hélas pour moi. Elle veut écrire des livres, des vers, des romans. Vous êtes pour elle un modèle, une référence. Elle n'ose pas vous exprimer l'étendue de l'admiration qu'elle vous porte, bien supérieure à celle que je lui inspire moi-même. N'est-ce pas, ma chérie ?

La sylphide va enfin se mettre à parler :

– C'est un grand honneur pour moi de rencontrer aujourd'hui un homme de lettres illustre et un admirable poète. Merci d'être venu jusqu'à nous, Monsieur. Mon père a dit la vérité : je vous admire depuis toujours.

– Et moi je vous aime, chère enfant.

Cette courte phrase, cette réplique de théâtre cette déclaration directe, Jean ne l'a pas prononcée. Il la gardera pour lui. Ou pour un autre jour. Il n'a rien à répondre. Rien à ajouter. Rien à commenter. Son trouble le laisse interdit. Il est temps de quitter l'Athénée de prendre congé de la *Société des Arts*. Il est temps de revenir à ses écritures, à ses rêveries. Il est urgent d'oublier Violette. Mais comment oublier Violette ? Une sylphide, une possible « fille aînée de ses illusions » ?

En se retrouvant, un peu plus tard, dans la rue, puis sur la Place Neuve, le poète constata, avec une sorte de jubilation inexplicable, que la neige tombait en abondance. Il se sentit heureux, et jeune.

2

Le salon de Juliette Adam avait sensiblement perdu du brio qui avait été le sien du temps de l'Empire, tout en restant un foyer actif et recherché de la mondanité, une mondanité dont la futilité apparente ne parvenait pas à étouffer les estimables manifestations de l'esprit. On y venait pour causer, activité dominante des milieux privilégiés en cette « fin de siècle » (selon une expression qui commençait à se répandre avec insistance), pour se montrer, pour rencontrer des personnages influents susceptibles de favoriser un avancement ou une réalisation ; on y venait aussi pour échanger des idées, critiquer le gouvernement, défendre des œuvres innovantes, soutenir la création, y trouver, pour un jeune auteur, une chambre d'écho et une sorte d'adoubement officieux.

Jean Aicard, dès son installation à Paris, aux premières années de la République, avait en vain chercher à pénétrer un de ces lieux où se bâtissaient les renommées. Après quelques tentatives infructueuses il avait pu être introduit dans le cénacle de l'ex-Madame de La Messine (nom d'auteur des premiers livres de Juliette Adam) en 1879, en même temps que Pierre Loti qu'il ne connaissait pas alors mais qui allait devenir un ami cher. L'élégant salon littéraire où se réunissaient les plus grands écrivains et penseurs se trouvait alors au 23 faubourg Poissonnière et s'était transporté, depuis, au 190 du Boulevard Malesherbes, à proximité de la place et de l'église de Saint-Augustin. Là, tous les mercredis, avait rendez-vous l'élite de la capitale. Loti et Aicard étaient vite devenus des fidèles, Juliette Adam, les appelant affectueusement « mes fils ». Elle avait accueilli certains de leurs textes dans *La Nouvelle Revue*, publication à la mode qu'elle dirigeait avec autorité et compétence.

Juliette Adam aurait bien aimé que son cercle égalât en prestige celui qu'avait animé, au début du siècle, une autre Juliette, Madame Récamier, l'égérie de Chateaubriand dont tout le monde louait la grâce et l'intelligence et qui recevait à l'Abbaye-aux-Bois, sur la rive gauche. Mais, à près de soixante ans, la fondatrice de *La Nouvelle Revue,* n'était pas en mesure de rivaliser avec la « divine » sur le chapitre de la beauté, compensant cette infériorité par une intense activité d'écrivain et une réelle implication politique, passion qui lui avait été transmise par son mari, ancien député puis sénateur, et surtout par Léon Gambetta, un habitué de la rue Poissonnière. L'ancien président du Conseil était mort depuis plus de dix ans, mais Juliette continuait à défendre avec conviction les idées républicaines qui étaient les siennes et s'était engagée dans une nouvelle croisade, celle du droit des femmes. Ses amitiés de jeunesse avec George Sand et Daniel Stern (pseudonyme de la comtesse Marie d'Agoult) l'avaient sensibilisée à une cause qui était devenue pour elle fondamentale.

Assez peu de femmes, pourtant, étaient présentes en ce mercredi de janvier 1894, pour la réouverture du salon du boulevard Malesherbes. Jean Aicard faisait partie des invités et devait lire quelques extraits de son futur roman *Fleur d'abîme*, à paraître en feuilleton dans le *Journal des débats politiques et littéraires* de Patinot. En attendant son tour, il devisait sur des questions diverses, mêlant la poésie, la philosophie et la science, avec son confrère Sully-Prudhomme, avec l'éditeur Jules Hetzel, l'astronome Camille Flammarion et son ami Édouard Schuré, le philosophe et musicologue, spécialiste de Wagner. Ils furent rejoints par un personnage de haute stature que le poète ne s'attendait à voir en ces lieux, le professeur Raoul Pictet, toujours rieur et élogieux :

– Mon cher poète ! quel plaisir de vous retrouver ! Vous savez que vous avez littéralement enchanté votre auditoire lors de votre dernier passage à Genève. Votre voix, votre diction, vos vers et votre prose ont conquis nos amis de la *Société des Arts*. Ils vous attendent à nouveau avec impatience, surtout quand vous faites paraître un nouveau livre. Quelle fécondité !

– Vous me flattez professeur. Je ne suis qu'un modeste serviteur de la poésie et de la littérature. Et je ne suis pas sûr d'avoir été aussi brillant que vous le dites ce jour-là, ni d'avoir réussi à réchauffer l'atmosphère, car j'ai souvenir d'un froid polaire et même d'une abondante neige. Toutefois, je suis tout disposé à revenir en Suisse pour ce nouveau livre, surtout si l'occasion m'est offerte de revoir mademoiselle votre fille, Violette, je crois, une enfant adorable.

– Elle ne cesse de parler de vous, cher ami, et quand elle écrit (de la poésie surtout), c'est toujours avec l'espoir de s'approcher de vous et en référence à celui qu'elle considère comme son maître.

– Je ne mérite pas un tel honneur et mademoiselle Violette n'a sûrement pas besoin de mes conseils pour mener ses travaux d'écriture. Toutefois, je me tiens disponible…

– Et vous pourriez la conseiller, car, bien qu'encore jeune, elle n'écoute pas les avis de ses parents ! Elle se prépare à être une de ces femmes libres, à l'image de celles que célèbre et soutient notre hôtesse, que l'on dit « féministe », sans que je comprenne très bien

27

le sens de ce mot. Mais, cher ami, nous pourrions débattre de tout cela plus à l'aise dans l'intimité : pourquoi ne viendriez-vous pas dîner chez nous un jour prochain ? Nous disposons d'un petit appartement pas très loin de l'École Normale où je donne mes cours. Mon épouse Hélène sera ravie de faire votre connaissance et Violette, qui nous a suivis à Paris, une ville qu'elle adore, me sera reconnaissante de lui apporter à domicile son idole en personne. Que diriez-vous de vendredi, c'est au 8 rue Abbé-de-l'Épée. Pouvons-nous compter sur vous ?

Comment refuser une telle invitation ?

Jean fit envoyer des fleurs chez les Pictet et, prêt longtemps avant l'heure, soigné comme un dandy, décida de faire le chemin à pied depuis la rue Michelet où il habitait : les deux adresses étaient très proches, et il y vit un signe. L'idée de se trouver en présence de la jolie Violette lui procurait comme un regain de jeunesse et une vigueur qui lui permettrait d'affronter avec légèreté la courte marche dans le froid de l'hiver parisien. Le visage de la jeune fille, la vivacité de son regard, le son de sa voix, s'étaient comme imprimés dans sa mémoire, sans qu'il en saisisse la raison, et il avait souvent réfléchi aux moyens de provoquer une nouvelle rencontre. Il lui aurait été difficile de solliciter en ce sens le professeur sans éveiller les soupçons sur les raisons de cet intérêt qui ne pouvait être de nature simplement poétique.

Et voici que tout d'un coup, le hasard – et la providentielle Juliette Adam – venaient lui offrir la possibilité d'une soirée avec celle qu'il avait nommée, dès le premier jour, la « sylphide ». Que lui dirait-il ? Pourrait-il un moment se trouver seul avec elle ? Sous quel prétexte pourrait-il espérer obtenir d'elle un rendez-vous ? envisager une relation suivie ? Et dans quel but ? Que voulait-il ?

28

Que cherchait-il auprès de cette enfant qui aurait pu être sa fille ? Il se gardait bien d'avancer des réponses à ces embarrassantes questions.

La pensée obsédante de Violette vint troubler, pendant ces journées, le bel ordonnancement de ses préoccupations du moment, essentiellement liées à sa carrière. Avec deux objectifs qu'on aurait pu qualifier de vaniteux mais qui n'étaient que la légitime tentative pour s'imposer dans le difficile monde des arts et des lettres. Le premier était l'élection à la présidence de la Société des Gens de lettres qui devait avoir lieu en mars, poste qui semblait lui être naturellement destiné comme on le lui avait laissé entendre, et pour lequel il n'avait pas à faire campagne. L'autre projet, plus incertain, était la candidature à l'Académie française où il était question de pourvoir au remplacement de Maxime du Camp, récemment disparu. Ses chances étaient minces, il le savait, mais il savait aussi qu'une telle consécration réclamait de la patience et de la détermination. Son ami Pierre Loti, qui, encore très jeune, avait été élu sous la Coupole deux ans plus tôt au sixième tour de scrutin, au fauteuil n° 13 laissé vacant par Octave Feuillet, l'encourageait à persévérer, convaincu qu'il avait sa place parmi les « Immortels ».

Dans l'immédiat, il y avait Violette. Et la visite chez ses parents.

Il venait d'arriver au 8 de la rue Abbé-de-l'Épée, et, au troisième étage, une porte s'ouvrit sur une jeune domestique qui déclara que Monsieur était attendu. Il sentit en lui quelque chose de l'angoisse du prétendant venu réclamer la main de celle qu'il aime et hésita avant de franchir le seuil.

Un rapide regard jeté dans le salon lui permit de vérifier qu'elle n'était pas là, ce qui, bizarrement, lui apporta une sorte de soulagement. Bien sûr, elle serait sortie à dessein pour éviter d'avoir à faire des politesses à ce gentil monsieur un peu âgé pour elle. Il avait beau être un poète honoré et un écrivain reconnu, il n'était pas, à ses yeux, un homme, ses mérites s'arrêtant à des réussites littéraires. Avec son joli minois, elle ne devait pas manquer d'admirateurs, de soupirants jeunes, plus séduisants que ce potentiel Académicien aux manières désuètes. Il aurait mieux fait de refuser l'invitation, d'aller passer la soirée avec quelques bons camarades dans des lieux enfumés où l'on déclamait des vers et buvait à la santé de Virgile et du père Hugo. Savoir rester à sa place : voilà une des règles qu'il se répétait souvent, sans toujours se l'appliquer à lui-même.

À peine était-il libéré de ses vêtements d'hiver que le professeur Pictet se précipitait sur lui, le serrait dans ses bras avec effusion, le conduisait vers le salon où l'attendait une élégante dame, un peu forte, d'apparence sévère.

– Bienvenu dans notre petit gîte parisien, monsieur le poète. Mon époux m'a beaucoup parlé de vous et Violette vous vénère. Vos fleurs sont magnifiques, je vous en remercie. Leur parfum embaume cette pièce un peu austère. Et merci aussi d'être venu jusqu'à nous. Nous ne recevons guère car Raoul a peu de temps pour les mondanités et nos amis sont surtout à Genève. Prenez un fauteuil près de la cheminée : ce mois de janvier est glacial.

Elle est finalement charmante et pleine de prévenance. Rien de cette froideur calviniste qu'il lui avait attribuée en la voyant. Elle a cité le nom de Violette sans préciser si celle-ci participerait au dîner. Elle revient sur le sujet :

– Notre fille finit de se préparer. Elle est déjà très coquette pour son âge et, à votre intention, elle souhaite se présenter sous son meilleur jour. Tenez, la voici. Pardonnez-lui, elle est un peu timide, surtout face à un écrivain de votre renom.

Jean pardonne. Jean accepte qu'elle ait pris du retard pour se faire belle. Jean aime tout dans cette fillette qui lui paraît un peu plus femme aujourd'hui. Jean est sous le charme. Jean ne sait trop quoi dire et se lance dans un compliment maladroit. Jean à son tour est intimidé. Jean voudrait être seul avec elle.

Pictet s'est rapproché de lui et entreprend de l'interroger sur son dernier livre, sur ses projets sur son histoire personnelle aussi, qui doit être passionnante. Nous sommes là pour faire connaissance, devenir amis. Mais le poète est distrait. Comme ailleurs, le regard fixé sur la sylphide qui semble lui sourire.

Il veut bien toutefois essayer de se raconter mais prévient que son histoire est plus banale que l'on pourrait l'espérer. Va-t-il intéresser en parlant de Toulon, sa ville natale, un port magnifique ouvert sur le large, sur l'Orient, sur l'aventure, pour lui qui aurait rêvé d'être marin ? Une ville mal aimée, incomprise, cultivant ses contradictions et ses mystères. Mais une ville authentique où il fait bon vivre, où la lumière rayonne, le soleil réchauffe, les pins enivrent et le mistral secoue. Ce « *Toulon blanc, joyeux, entouré/ D'un demi-cercle de collines austères* » comme il l'écrivait dans un poème. Une ville où l'on parle fort mais sans colère, où l'on affirme sa liberté, sa différence, sa générosité. Une ville avec du caractère. Une ville qui lui manque et où il retourne dès qu'il peut s'échapper de Paris.

Va-t-il intéresser en parlant de sa naissance hors mariage, suite aux amours illégitimes de son père avec la femme de son meilleur ami ? De la mort prématurée de ce père, l'homme de lettres impécunieux Jean-François Aicard, fier de ses convictions saint-simoniennes ? De son grand-père Jacques qui, au prix de grands sacrifices, avait créé un établissement de bains rentable au centre de Toulon et qui, suite à une concurrence féroce, connut la ruine et la honte, à la recherche d'un refuge, « *Un désert où cacher (s)a pauvreté tranquille* » ? De ses années d'enfance auprès de Victoire, sa mère, de Jacqueline sa demi-sœur et de ses grands-parents ? De l'épreuve du pensionnat, loin des rives méditerranéennes ? De l'exil à Paris, des études de droit vite interrompues, de l'appel de la poésie, de sa première publication, à moins de vingt ans ?

Violette, attentive et silencieuse, l'écoute et l'observe. Elle connaissait le poète. Elle découvre l'homme. Il ne s'agit plus alors d'admiration mais d'attirance. De désir même. Il lui faut se faire violence pour ne rien laisser paraître de ce tumulte intérieur qui l'agite, de cet embrasement qui lui fait oublier le lieu, le moment, les circonstances. Est-ce là ce que l'on nomme l'amour, sentiment qui emplit les livres, qu'elle ignore et que cet homme venu du sud pourrait seul lui révéler ?

Le professeur Pictet vient de prendre la parole à son tour pour répondre aux questions de son hôte. Retour à des sujets plus neutres, moins brûlants.

– Je ne vais pas vous embêter avec mes recherches sur le froid, ma première machine frigorifique qui fabriquait quinze kilos de glace à l'heure, ou avec la liquéfaction de l'oxygène. Mais puisque vous m'interrogez sur mon parcours, je préfère mentionner mes années de jeunesse en Égypte, une période que je n'oublierai jamais. Hélène n'était pas encore entrée dans ma vie et Violette n'existait pas. Tout a commencé avec l'inauguration du canal de Suez, en 1869, j'avais tout juste vingt-trois ans et je faisais office de secrétaire du grand archéologue genevois, Gustave Révillod.

Une manifestation extraordinaire en présence de votre Impératrice et d'autres grands de ce monde. De là, j'ai commencé à succomber à l'envoûtement de ce pays si riche culturellement et humainement. J'ai été pris en amitié par le khédive Ali Pacha Moubarak qui souhaitait créer une section scientifique à l'université du Caire, façon de faire entrer son pays dans la modernité. Je vous passe les détails sur les réalisations que nous avons accomplies avec une équipe de jeunes scientifiques, surtout européens. Six années de bonheur et de découverte. J'ai même failli épouser une petite Égyptienne de dix-sept ans, la jolie Leila. L'âge de Violette. Quelle folie !

Faut-il, dans cette précision d'âge, voir une volonté du professeur de rappeler la jeunesse de sa seconde fille ? Aicard est devenu soupçonneux, inquiet. Comme s'il craignait que Pictet ne lise dans ses pensées, devine ses intentions de séducteur, de suborneur. Jusqu'alors exclue des débats, la sylphide, avec gravité et en fixant le poète d'un regard sombre, met un terme à ces propos convenus en orientant la conversation dans une autre direction :

– Peut-être pourriez-vous nous parler, Monsieur, d'un sujet que me tient à cœur et qui, d'ailleurs n'est pas indifférent à mes parents, le langage poétique ?

– Votre question, chère enfant, loin de me déranger me comble d'aise car, comme vous, je place très haut tout ce qui touche à la poésie. Et si je me suis égaré depuis quelques temps dans les territoires de la littérature romanesque, je n'ai pas renoncé, loin s'en faut, à ce qui relève chez moi d'une véritable vocation, l'écriture poétique. Cette « langue des dieux » comme le disait le philosophe.

– Quel philosophe ? Et que veut-il dire par là ?

– Il s'agit de Platon, qui nous explique qu'il y a quelque chose de divin dans le langage de celui qui aligne des vers, que le poète est animé d'une « fureur sacré » et qu'il est « chose légère, chose ailée, chose sainte », en proie à une sorte d'ivresse telle « que son propre esprit ne soit plus en lui. » Vous le voyez, chère demoiselle, la poésie peut mener loin et comporte parfois des dangers, comme l'illustre l'itinéraire de mon ancien camarade, le petit Arthur Rimbaud, qui nous a quittés il y a maintenant trois ans et qui n'a pu supporter l'empreinte du génie. Un de ses livres s'appelle *Une Saison en Enfer*, un autre *Illuminations*.

Raoul Pictet s'était rapproché de son épouse et se montrait particulièrement attentif ; quant à Violette, la couleur de ses joues, les flammes de son regard et l'agitation sur sa chaise trahissaient une intense émotion.

– Le travail n'entre donc pour rien dans l'affaire, continua-t-elle ? Sans les dieux nous sommes condamnés à écrire des choses banales ?

– N'allons pas si loin, mon enfant. Les dieux sont économes de leurs visites. Une part personnelle importante entre dans cette aventure. Je vous citerais un autre grand poète dont je m'enorgueillis d'avoir reçu les encouragements et le soutien, Victor Hugo, un immense génie, qui m'écrivit un jour : « *La composition poétique résulte de deux phénomènes intellectuels, la méditation et l'inspiration. La méditation est une faculté, l'inspiration est un don.* » Si nous sommes impuissants en matière de « don », nous pouvons toujours favoriser la création par la méditation qui suppose un travail, une application. Vous-même, vous écrivez je crois, et …

– Oh ! Je n'ose pas en parler. Surtout après de ce que vous venez de m'expliquer. Disons que j'aligne des mots, des rimes, que l'applique des règles et que je laisse parler mon cœur.

– Un cœur bien jeune et qui n'a probablement pas connu beaucoup d'épreuves. Or la souffrance est féconde pour nous poètes, comme le rappelait Musset dans ce vers fameux et si juste : « *Les chants désespérés sont les chants les plus beaux.* » Par chance, le désespoir vous est probablement inconnu, si jeune et au sein d'une famille aimante et protectrice.

– Mes parents sont en effet très protecteurs, peut-être même un peu trop. Mais cela n'empêche pas de traverser des moments douloureux, de connaître le doute, pas très éloigné du désespoir… Hélas, dans mon cas, cet état ne suffit pas à me donner le talent de produire quelques beaux vers.

– Patience, petite demoiselle. Persévérez dans vos efforts, continuez à cultiver la méditation et à apprivoiser le langage. Les dieux finiront bien par vous entendre.

– Peut-être pourriez-vous, vous, avec votre expérience et votre talent, m'aider pour aller à leur rencontre. Me guider, me conseiller … J'ai l'impression de piétiner, de ne rien produire qui mérite d'être sauvé. Grâce à vous, sûrement …

Elle n'eut pas le temps de terminer sa phrase. D'un seul mouvement Hélène et Raoul s'étaient levés et, saisissant les mains de leur hôte, se coupant mutuellement la parole, appuyaient la requête :

– Oh ! oui, monsieur le poète ! Oui, acceptez d'aider Violette ! Nous vous le demandons au nom de notre amitié. Elle traverse une phase délicate, elle a perdu le goût des choses, elle parle d'interrompre ses études, de se retirer dans un monastère ! Rendez-la à la vie. Si elle n'est pas faite pour la poésie, vous saurez trouver les mots pour le lui dire, et elle vous écoutera. Si c'est l'inverse, nous accepterons ses choix, nous la soutiendrons même. Car nous voulons avant tout son bonheur. Nous vous en prions, cher Jean…

Pour la première fois le prénom venait d'être employé. Le cher Jean était touché de cette attention mais aussi pris de vertige. On lui confiait le sort de Violette, la dangereuse « fille aînée de ses illusions ». On lui demandait de la prendre sous son aile. De lui prodiguer des leçons. De l'aider à grandir. L'intéressée elle-même n'attendait qu'une parole de consentement. La quêtait comme une aumône. Aurait-il la cruauté de refuser de venir en aide à une enfant égarée ? De se montrer sourd aux supplications d'une famille dans le désarroi ? Il fallait se montrer magnanime, généreux. Sa réponse en sa simplicité, fut appréciée :

– Le hasard, chers amis, fait que nous sommes voisins. J'habite rue Michelet, au numéro 5. Que cette jeune enfant vienne me voir chez moi, demain, vers 15 heures. Nous parlerons poésie.

3

En ce début de juillet, la chaleur, en Provence, est encore acceptable, surtout du côté de la plaine agricole de La Garde, aux alentours de Toulon, dans l'asile de fraîcheur des *Lauriers-Roses*, où le poète, comme chaque été, est venu s'installer pour travailler dans la tranquillité. La propriété, héritée par sa demi-sœur Jacqueline, veuve d'Émile Lonclas, brillant lieutenant de vaisseau emporté par la maladie à trente-sept ans, n'a rien d'une prétentieuse demeure, plutôt une modeste bastide d'un jaune un peu fané, implantée à l'extrémité d'un vaste parc de plusieurs hectares et en partie sauvage, s'apparentant aux jardins à l'anglaise. Une allée bordée de rosiers conduit à la terrasse, protégée par deux platanes symétriques au feuillage généreux et par une tonnelle métallique où s'accroche une glycine. La construction à un étage, fermée à l'ouest par une aile de construction plus récente forme un abri où se reposer à l'abri du mistral.

Jean est installé en cet endroit, entre la porte d'entrée et l'atrium, pièce d'accueil prolongeant la terrasse, des feuilles de papier bleu en désordre étalées sur une table de fer. Plus tard dans la journée, il montera dans son bureau dont les volets fermés lui offriront une bonne fraîcheur et pourra se consacrer aux œuvres en cours. Pour l'instant, alors que les cigales ont entamé leur concert et que le petit griffon de la maisonnée, nommé Othello, vient courir entre ses jambes, il est occupé, selon un rituel bien établi, à rédiger sa correspondance.

Le courrier est abondant et il ne peut se permettre de différer ses réponses. Il vient d'achever les dernières lettres de nature professionnelle (éditeurs, confrères, lecteurs – surtout lectrices) et amicale (car il compte beaucoup d'amis), et se prépare à griffonner quelques pages à celle qui éclaire sa vie depuis déjà cinq mois, la très jeune Violette.

La liaison s'était nouée dans son appartement de la rue Michelet quand la seconde fille du professeur Pictet, venue chercher auprès du « maître » quelques conseils en matière poétique, s'était littéralement offerte et, d'une manière toute simple, comme naturelle, était devenue sa maîtresse. La différence d'âge – près de trente ans – n'avait pas freiné les ardeurs de Violette qui, au contraire, avait clairement avoué son mépris pour les jouvenceaux, son penchant pour les hommes d'expérience et son impatience à se trouver dans les bras de celui qu'elle admirait le plus au monde, dont elle avait lu tous les livres et qui saurait lui apporter l'affection que lui refusaient ses parents absorbés par leurs activités et par l'entretien d'une famille nombreuse.

Jean, d'abord désarçonné par ce mélange de candeur et de hardiesse, avait timidement tenté de repousser les avances de la sylphide, avant de comprendre que le ciel, qui s'était montré jusqu'alors avare sur ce chapitre, lui ouvrait enfin les portes de l'amour. Il avait rendu les armes et avait consenti à vivre les journées les plus délicieuses de son existence avec « la fille aînée de ses illusions ».

Car après ce premier rendez-vous, les amants s'étaient revus régulièrement, plusieurs fois par semaine, dans l'appartement du poète devenu, pour la circonstance, une sorte de garçonnière, un nid d'amour où persistait, après le départ de la belle enfant, un entêtant parfum dont Jean cherchait à prolonger les effets, persuadé qu'il serait pour lui une inédite source d'inspiration. Violette, novice en amour, sut se montrer une élève appliquée, accomplissant des progrès spectaculaires, moins dans l'art d'agencer les rimes que dans celui de donner du plaisir.

D'autres dîners de famille avaient eu lieu rue Abbé-de-l'Épée, et le poète, considéré désormais comme un familier, s'efforçait avec conscience d'offrir à Madame Pictet de respectueux hommages, de prêter une attention polie aux propos du professeur de physique, de conserver avec la fille de la maison une dignité conforme à son statut, tout en parvenant toujours à voler quelques gestes d'intimité à Violette qui lui rendait ses caresses ou ses baisers avec une imprudence juvénile qui le faisait frémir.

Il avait fallu à Jean bien de la volonté et bien des efforts pour s'arracher, au début de l'été, à cette nouvelle vie d'amoureux, pour quitter Paris et la délicieuse Violette afin de se retirer, selon son habitude, dans la maison de La Garde. Restaient, pour entretenir la flamme, les lettres, en attendant le mois de septembre qui jamais ne lui avait paru aussi lointain et autant chargé de promesses. Lettres quotidiennes et abondantes qu'il se faisait un devoir de cacher à la jalouse Jacqueline qui, grâce à son intuition et à de discrètes enquêtes, avait bien compris qu'une femme était entré dans la vie de son demi-frère. Elle n'imaginait pas que cette intruse, cette rivale, cette intrigante avait à peine dépassé les dix-sept ans.

Jacqueline, seule à avoir survécu des trois enfants des époux André, le brave Amédée et la jolie Victoire, n'avait eu, dans sa jeunesse, que fort peu de rapports avec son demi-frère, cet enfant adultérin que sa mère Victoire, avait donné à l'homme de lettres saint-simonien Jean-Jacques Aicard, mort cinq ans après la naissance de ce fils. Jean, d'abord en pension à Paris avec sa mère, puis placé comme interne à Mâcon et à Nîmes, ne fit que de très courts séjours chez les André, que ce soit à Toulon, dans leur logement de la rue de l'Ordonnance où il avait vu le jour, ou aux *Lauriers-Roses*, la bastide que l'on appelait alors simplement *Les Lauriers*. Ce collégien timide aux grands yeux étonnés, son cadet de neuf ans, n'était pour Jacqueline qu'un inconnu, un étranger presque, même si sa mère faisait son possible pour se rapprocher de lui. Mais le père de l'enfant était mort et l'infidèle Victoire, oubliant le pauvre Amédée, songeait à refaire sa vie avec le juriste et érudit Alexandre Mouttet.

En épousant, en 1856, le lieutenant de vaisseau Émile Lonclas, né à Lorient, la jeune fille du couple André pensait prendre ses distances avec cette famille aux relations compliquées. Elle suivit son mari dans ses diverses affectations, dont une à Nice, puis l'accompagna, malade, à Marseille et à Toulon où il mourut, la laissant veuve à son tour et sans enfant, l'année de ses vingt-cinq ans. Peu après, elle vint s'installer à la campagne *Les Lauriers*, chemin de Sainte-Marguerite à La Garde, où elle accueillit auprès d'elle l'adolescent qu'elle prit sous sa protection. Celui-ci, déjà proche des muses, lui avait alors offert un poème qu'elle gardait précieusement dans un coffret de sa chambre et dont elle aurait pu réciter de mémoire les premiers vers :

> Mon pauvre cœur battait bien fort
> L'autre jour, près de vous, Madame ;
> Sans vous reconnaître d'abord

Mon pauvre cœur battait très fort. […]
Vous portiez un vêtement noir ;
Plus que lui j'étais triste et sombre
Sous le crêpe du désespoir ;
Vous portiez un vêtement noir.

Le temps du « madame » n'avait pas duré, Jacqueline se prenant d'affection pour le petit Jean et celui-ci considérant sa demi-sœur comme une confidente, une amie et une seconde mère. La conclusion d'un autre poème publié dans le premier recueil, *Les Jeunes croyances*, dédié à Jacqueline, célébrait un lien appelé à durer et se renforcer :

Je tremblai. J'entrevis une vague lumière.
Une voix murmura « Frère, je suis ta sœur ! »
Et mon ciel éclairci s'étoila de bonheur.

Ces sentiments profonds ne purent jamais empêcher le poète, dont « *l'âme est fiancée à l'humble solitude* » comme il l'avait écrit, de trouver parfois cette sœur adorée exagérément possessive. Il lui arrivait même de penser qu'elle était pour quelque chose dans l'échec de sa vie sentimentale, qu'elle avait contribué à l'éloigner de Kheira, la beauté exotique, ou de la distinguée Jeanne, marquise de Seillans, et encore de Paule ou d'autres admiratrices anonymes qui n'attendaient qu'un geste de sa part. Il valait mieux qu'elle ne sût rien de Violette et de la tumultueuse et récente passion qu'elle avait éveillée.

41

Il a déjà rempli deux feuillets quand il a la surprise de voir, là, sur la terrasse, presque devant lui, Jacqueline qui l'observe d'un œil inquisiteur :

– Tu as donc tellement de retard dans ton courrier ! Près de deux heures que tu gribouilles du papier, alors que tu as des œuvres à finir, que tu n'as même pas pris ton café … Ces importants correspondants ne peuvent sans doute pas attendre…

La dernière phrase, prononcée avec un petit sourire et une insistance particulière sur le mot « importants », semble prouver que Jacqueline, très fine, et sur ses gardes, n'est pas dupe. Rien de la vie de Jean ne lui échappe et elle n'a pas l'intention de céder une parcelle de pouvoir ou de partager son bien. Avec précipitation, le poète s'est empressé de ranger ses papiers, comme s'il craignait que sa sœur ne parvienne à lire l'apostrophe de la lettre commencée : « *Mon enfant bien aimée, ma chère Violette…* ». Il retrouve son sang-froid et fait face :

– Rien de très important en vérité, chère sœur, mais depuis que j'ai accepté ce poste, tu n'imagines pas le nombre de démarches, d'interventions qui me reviennent afin de débrouiller les affaires de nos chers auteurs ! Ils savent peut-être écrire des livres, ceux-là, mais ils ne sont guère habiles pour défendre leurs intérêts… Je fais ce que je peux mais je préférerais me consacrer au *Diamant noir* que je dois terminer avant la fin de l'été.

Ce petit mensonge n'abuse pas Jacqueline qui le traite par la moquerie :

– Monsieur a voulu devenir président de la glorieuse Société des Gens de Lettres ! Tu n'avais pas mesuré l'étendue des responsabilités qui t'attendaient. Tu es trop léger, mon Jean ! Un vrai oiseau ! Mais ce n'est pas le sujet : je viens t'annoncer que

François est là et qu'il demande après toi. Il t'attend dans l'atrium car il estime qu'il fait trop chaud pour être dehors. Il est venu à pied comme d'habitude. Il a beau être jeune, ça fait de la route, depuis Toulon...

François, c'est Armagnin, un jeune poète toulonnais qui a pris Aicard comme modèle et qui, en marge de ses fonctions de chef de bureau à la mairie de sa ville, se mêle aux artistes varois dont il publie les œuvres dans les revues successives, toutes éphémères, qu'il s'obstine à créer. Son ami Jean, avec son habituelle générosité, ne lui refusera pas un poème ou un texte pour donner de l'éclat au prochain numéro de *La Cheminée* – le curieux titre choisi pour sa nouvelle publication trimestrielle. Et il a quelque chose à lui apprendre.

Les deux hommes, bien que très différents en matière d'apparence physique et de caractère, s'entendaient à merveille, l'un dominant l'autre de sa stature d'écrivain installé et fécond, l'autre, son cadet de treize ans, acceptant avec modestie le rôle obscur de disciple. Armagnin avait découvert Jean Aicard en lisant, à vingt ans, *Miette et Noré*, ce beau roman en vers aux couleurs de Provence qui l'avait ému aux larmes. Il s'était rapproché du grand homme qu'il tentait non d'égaler, mais d'imiter, et dont il recevait, en échange, des marques de bienveillance et de paternelle amitié dont celle, capitale à ses yeux, d'être l'invité permanent des *Lauriers-Roses*.

Armagnin attendait son ami dans la pièce nommée atrium décorée de fresques et de vers du poète, assis sur la grande banquette, à l'abri du soleil, et buvant une limonade apportée par Marthe. Il arrêta de s'éponger le front et se leva à l'entrée du poète.

– Jean, j'ai une grande nouvelle à t'annoncer et j'ai voulu que tu sois le premier à l'apprendre.

– Ça tombe bien, mon cher François, j'ai moi aussi quelque chose d'important à te communiquer. Mais montons dans le bureau, nous serons plus tranquilles pour causer.

Et surtout à distance des oreilles de Jacqueline dont rien de ce qui se disait dans la maison ne devait lui échapper.

Le bureau, à l'étage, également bibliothèque, était la pièce préférée du poète qui aimait à s'y retirer pour travailler, surtout pour mener des recherches et lire, l'écriture étant plutôt réservée à la petite pièce annexe, minuscule cabinet tapissé de livres et seulement meublé d'une table de petites dimensions où se tenaient à disposition un encrier et des feuilles de papier. Pour recevoir un invité, le grand bureau, dont les volets intérieurs ont été repliés pour ne pas faire entrer la chaleur, est plus confortable. Les deux amis se sont installés côte à côte sur des fauteuils, dans la partie en demi-cercle, à l'extrémité de la pièce donnant sur la terrasse.

– Figure-toi, commence Armagnin, qu'un de mes poèmes a été retenu pour *Les Annales*, je viens de recevoir un mot de Brisson me le confirmant. Il paraîtra dimanche en quinze. Tu penses si je suis content. Ta recommandation a porté et je viens te remercier. En même temps, je voulais te dire que j'ai décidé de quitter Toulon et de partir pour Paris. C'est là-bas que tout se passe.

– Félicitations, mon cher François, pour ton poème. C'est une reconnaissance méritée et un beau début. Je me sentais un peu seul pour représenter poétiquement notre belle Provence. En revanche, pour ce qui est de t'installer à Paris, je t'encourage à bien réfléchir, à ne rien précipiter. Tu risques de connaître bien des désillusions, et si j'avais un conseil à te donner, je te dirais de continuer à envoyer autant de poèmes que tu voudras aux journaux parisiens, mais de rester là où tu as ton pain. Auprès d'Élisabeth qui t'aime et t'a donné de beaux enfants.

Armagnin semble déçu : son travail à la mairie n'a rien d'exaltant, même si le maire, Henri Dutasta, poète lui aussi, est plein de bienveillance à son égard. Il se serait bien vu suivre l'exemple de son maître et fréquenter les salons littéraires de la capitale. Le poète va devoir insister pour le détourner de ce projet funeste.

– Franchement, François, je te dissuade de te lancer dans une telle aventure. Paris est une ville difficile, sans soleil, sans chaleur, sans amitiés. Mes années de pension rue des Saints-Pères, quand j'étais tout petit, ne furent pas désagréables, mais quand je suis retourné à Paris vers ma vingtième année pour commencer mon droit, j'ai pu mesurer ce qu'était la vie dans la grande ville. Et je te laisse deviner ce que fut la période de 70 et 71, avec les horreurs que tu connais, la guerre et la suite. Heureusement que j'ai eu la chance de me joindre à l'équipe de la *Renaissance*, une activité formatrice, bien que rude, avec plusieurs papiers à rédiger par semaine. Chaque retour à Toulon était pour moi comme une fête. Après, il y a eu les rencontres avec les artistes, les poètes et, ce qui va avec, les rivalités, les jalousies, les déceptions. Ce monde est particulier et pas toujours amical. La lutte est féroce. Et encore, j'ai eu de la chance d'être publié très vite, d'être un peu reconnu et de pouvoir faire mon chemin. Crois-moi, ami, reste à Toulon où tu commences à faire ta place, comme le prouve ton élection à l'Académie du Var où tu es apprécié. Voyons ce que donne la parution de ton poème dans *Les Annales*, pense à tes futures publications, et pour Paris, nous en reparlerons. Mais à mon tour je voudrais solliciter ton avis sur une question plus personnelle qui me travaille depuis quelques semaines. Voilà, je songe à me marier. Qu'en dis-tu ?

– Avec la petite Genevoise dont tu m'as parlé ? Mais elle n'a que dix-sept ans et toi …

– … Presque cinquante, je le sais. Et justement, je n'ai plus de temps à perdre et j'aimerais que les années qui me restent à vivre soient éclairées par le sourire de cette enfant qui me rajeunit et me rend l'envie d'écrire, alors que je sentais que je mon inspiration s'essoufflait. Les mondanités et les honneurs ont cessé de m'intéresser, vois-tu. Il faut que je pense à moi désormais et que j'arrête de vivre comme un vieil ours solitaire. Violette est celle qui peut m'apporter ce qui m'a toujours manqué : l'appui d'une compagne.

– Et Madame Lonclas, elle est au courant ?

– Dieu me garde ! Tu sais combien j'aime Jacqueline, tout ce que je lui dois, tout ce qu'elle représente pour moi. Mais il y a des moments où elle m'empêche de respirer, elle m'étouffe de son affection et de sa protection. Elle se doute bien de quelque chose car on ne peut jamais rien lui cacher, mais elle ignore tout de la jeune personne dont nous parlons et qui me rend fou. Ah ! si tu la voyais, François …

– Mais crois-tu qu'elle ferait une bonne épouse ? Si jeune, si libre et …

Armagnin ne finit pas sa phrase. Il ne veut pas froisser son ami Jean, il ne veut pas lui expliquer qu'une fillette à peine sortie de l'enfance qui se jette dans les bras d'un monsieur vieillissant, fût-il un grand poète, n'offre pas toutes les garanties en matière de bonnes mœurs et de fidélité. Dans dix ou quinze ans, quand Jean sera presque un vieillard, ne sera-t-elle pas tentée de le quitter pour trouver son plaisir avec des amants de son âge ?

Le poète ne lui laisse pas le temps de formuler ses objections :

– Tu doutes d'elle, je le sens. Eh bien, tu as tort ! Écoute ce qu'elle m'écrit, c'est la lettre que j'ai reçue hier et que je suis allé chercher à la poste : « *Mon Jeanny adoré, Tu ne peux savoir ce que je souffre quand je suis séparée de toi au milieu de gens qui m'indiffèrent. Tu me manques, j'ai besoin de toi, de tes caresses, de tes baisers, de tes étreintes. Tu m'apportes le bonheur et ma vie est vide sans toi ...* » Veux-tu que je continue ? Comment résister à de telles paroles ? Comment douter de sa sincérité ? Je lui écris chaque jour, c'est une façon pour moi de rester proche d'elle. Tu ne peux pas savoir combien j'ai hâte de la retrouver. Et pourtant je suis bien ici, avec tout ce que j'aime... le soleil, le repos, les amis, le village.

– Et tu penses fonder une famille, avoir des enfants ?

– Sur la question des enfants, je suis plus réservé. Je ne suis pas certain de faire un bon père, car je n'ai pas connu d'exemple, le mien nous ayant quitté quand j'avais cinq ans, un âge où les souvenirs commencent à peine à s'ancrer dans l'esprit. Et Victoire, ma mère, était mariée à un autre, qu'elle a quitté pour un troisième. Tu comprends mieux pourquoi je veux créer une union régulière, avec Violette qui me paraît la personne la mieux indiquée, malgré sa jeunesse. J'ai parfois pensé que les artistes où les écrivains ne devaient pas s'engager dans le mariage, eh bien, je suis en train de changer d'avis. Car Violette est un être à part et je suis sûr que grâce à elle je vais me renouveler, explorer de nouveaux territoires. Je l'appelle « ma sylphide », mais elle est en même temps une muse.

Il se disposait à développer les mérites de « la petite Genevoise », amusé par les mots de son ami, quand Jacqueline, qui avait gravi les marches, poussa la porte du bureau après avoir légèrement frappé :

– Monsieur Armagnin, vous resterez bien déjeuner avec nous, Marthe nous a préparé l'aïoli, comme tous les vendredis. Vous n'allez pas reprendre la route avec ce soleil !

– C'est très aimable à vous, Madame Lonclas, et j'aurais bien aimé partager votre repas et continuer à bavarder avec Jean. Mais je me dois de reprendre mon travail à la mairie : j'ai obtenu l'autorisation de m'absenter ce matin, pour venir vous voir et parler de mes projets. Je ne dois pas abuser. Une autre fois…

– C'est bien dommage et nous le regrettons, n'est-ce pas Jean ?

Et, se tournant vers son frère, elle sortit de sa poche une feuille de petit format de couleur bleu pâle couverte d'une écriture familière :

– Je crois que tu as oublié ce papier en bas, sur la table de la terrasse, un courrier de toi pour ton éditeur, sans doute. Ce serait fâcheux qu'il ne le reçoive pas. On déjeune dans pas longtemps, Jean, et tu sais que Marthe n'aime pas servir en retard.

Le poète, silencieux et comme pris en faute, récupéra le feuillet bleu qui servait à sa correspondance et, sa sœur disparue dans l'escalier, le tendit à Armagnin qui put lire, à voix haute, les mots adressés à Violette : « … *j'ai des choses en foule à vous dire, chère petite femme, et j'ai le cœur plein de vous. Merci de votre lettre bien douce et recevez en retour les caresses de celui qui pense à vous à toutes les minutes. Je pars dans quelques minutes porter moi-même cette lettre à la poste de La Garde. À demain, ma Violette que je prends dans mes bras, que je soulève contre ma poitrine et que j'embrasse toute, des milliers de fois, et si fortement qu'elle crie assez ! Ton Jeanny.* »

Sans un mot François Armagnin prit congé et Jean, au comble de la confusion, se prépara à descendre pour se mettre à table en face de Jacqueline.

4

La vie du poète, si réglée, si continûment dominée par des soucis de carrière, des préoccupations professionnelles – finir dans les temps un manuscrit, relire les épreuves, assurer la promotion du livre une fois paru, vérifier son installation chez les bons libraires – cette existence sage, laborieuse, vouée aux choses de l'esprit se trouvait sinon bouleversée du moins sérieusement perturbée depuis l'irruption non programmée, brutale mais lumineuse, de la fougueuse Violette.

La jeune fille, nullement intimidée par la notoriété de celui qu'elle appela, du premier jour, Jeanny, tout en se refusant à jouer les maîtresses tyranniques, savait imposer sa volonté et même ses caprices. Sûre de son pouvoir de séduction, elle recevait avec plaisir les lyriques déclarations d'amour que le poète déclinait avec le même talent qu'il mettait à tourner un poème ou à imaginer une intrigue romanesque, une scène de théâtre.

Dans son journal intime, ouvert depuis deux ans et rempli, jusqu'alors, de détails insignifiants, de ces événements minuscules qui peuvent nourrir la vie d'une adolescente sans histoire, elle recopiait avec soin quelques unes de ces paroles d'amoureux prononcées dans l'intimité ou griffonnées dans une dépêche hâtive venue de Paris (pour fixer ou annuler un rendez-vous) ou dans une correspondance plus élaborée envoyée depuis La Garde où Jean faisait des séjours réguliers. Elle s'était constitué ainsi un florilège aussi poétique que sentimental qu'elle relisait avec délectation, qui la flattait et lui rappelait qu'elle avait fait la conquête d'un vrai artiste.

Comment résister à des phrases comme : « *Il y a dans nos amours une part de désir de voir l'autre identifié à soi* ». Ou encore : « *Pourquoi mon cœur est-il gonflé d'un soupir de jeunesse qui me soulève tout entier ?* » Et aussi : « *Jamais la maladie nommée amour ne m'avait tenu si rudement.* » Ou, plus sobre : « *Je ne sais si je pourrais supporter la vie dépouillée de l'intérêt de vous* ». La sylphide se trouvait jetée en plein roman, loin de la fadeur de son ancien quotidien suisse et même parisien.

Elle notait même les reproches qu'elle interprétait comme d'éloquentes preuves d'amour et que, pour un peu, elle aurait provoqués : ceux de légèreté, d'insouciance, de paresse, d'inconséquence, de froideur. Elle avait ainsi relevé avec application une remarque un peu vive d'un Jeanny irrité par une de ses palinodies : « *Je trouve humiliant d'être attaché par un fil si solide et si vibrant, frémissant et surtout douloureux à un petit chien bondissant si capricieux.* » La métaphore du « *petit chien* » revenait souvent dans les propos de Jean sans qu'aucun des deux ne cherche à en éclairer le sens, celui d'un compagnon fidèle ? d'un esprit vagabond ? d'un partenaire de jeu ? Une variante la comparait à un « *petit lierre* » (peut-être parce qu'elle aimait à entourer de ses fins bras les épaules du poète, à s'enrouler à lui), ou, plus attendu, à une fleur et, en raison de son prénom, à une violette.

Un thème revenait souvent dans les conversations qui ne manquaient pas de suivre les moments de volupté, autour d'une tasse de thé le plus souvent, celui de la différence d'âge et des perspectives d'avenir, deux questions évidemment liées. La jeune fille se gardait bien d'aborder ce sujet, craignant de se montrer indélicate et exigeante (ce qu'elle pouvait être parfois), alors que Jeanny y revenait régulièrement. Sauf une fin d'après-midi dans l'appartement de la rue Abbé-de-l'Épée (les parents de Violette, en déplacement ou de retour à Genève, lui en laissaient la libre jouissance), où, à l'évocation de la difficulté d'imaginer des projets en commun, de se présenter ensemble dans le monde, elle avait laissé échapper une phrase dont elle mesura immédiatement la maladresse :

– Êtes-vous de force à supporter ce qu'on dira de vous ?

Le poète mit un certain temps à donner sa réponse, puis passant sa main sur sa barbe, posant sa tasse, se levant de sa chaise, campé devant elle, se lança dans une argumentation qu'elle jugea obscure :

– Vous avez raison de poser la question, ma Violette. Je n'ai pas dix-huit ans. Les jours, les mois, les ans me semblent plus précieux que la substance même qui fait la vie des choses et des êtres. J'ai mon métier, mon œuvre à bâtir, mon entourage qui m'observe ou me surveille (Violette crut percevoir une allusion à la soupçonneuse Jacqueline Lonclas, la sœur trop aimante veillant sur lui depuis les *Lauriers-Roses* à La Garde). Mais je ne veux pas vous perdre. Vous êtes ma petite fille, et en même temps vous êtes ma femme, même s'il est difficile d'envisager le mariage, vous si jeune, moi en âge d'être votre père… Et il y a la question de la religion, vous êtes protestante et vous n'allez pas renier vos engagements…

– Mon ami, je ne vous demande rien…

Elle avait prononcé la phrase à mi-voix, comme pour s'excuser, et elle s'était rapprochée de lui, câline, insinuante. Il la serra contre lui et poursuivit :

– Je le sais bien, je le vois bien, et je vous en remercie. Chère enfant, je vous aime plus que tout et je veux vous garder près de moi, et aussi vous montrer au monde, afficher la chance que j'ai d'être aimé de vous, même si les gens jasent. Nous ne pouvons les empêcher de jaser. Vous viendrez avec moi pour mes prochains voyages en Hollande ou en Italie, je vous introduirai dans les salons à la mode, celui de Juliette Adam que fréquente vos parents, et pour vous prouver ma nouvelle détermination, je vous invite à m'accompagner pour la reprise de ma pièce *Le Père Lebonnard* dont la première va avoir lieu le 8 juin prochain au théâtre de *La Renaissance*. Je vous présenterai comme ma nièce.

Violette se sentit rougir de plaisir et dut faire un effort pour ne pas montrer son enthousiasme. Enfin elle allait partager la glorieuse vie du poète. Elle ne serait plus la petite maîtresse honteuse que l'on cache. Elle allait pouvoir rencontrer des écrivains, des poètes, se mêler à eux, rejoindre la coterie des artistes, des créateurs. Ses tentatives d'écriture, elle en avait conscience et Jeanny le lui avait fait discrètement comprendre, étaient insuffisantes pour prétendre espérer une publication, même en revue. La fréquentation de professionnels ne pourrait que la stimuler, lui livrer les recettes de la réussite, lui faire passer le cap qui séparait la rimeuse débutante d'un auteur reconnu. Jean était trop indulgent parce que trop amoureux, et peut-être n'avait-il pas envie d'avoir une concurrente pour amante. Même s'il l'incitait en permanence à travailler, à ne pas se contenter d'aligner des vers, à lire et relire les bons auteurs, à poser sa voix. Le succès ne venait jamais récompenser la facilité.

Et puis, s'afficher au bras du célèbre Jean Aicard serait un gage de considération, lui ouvrirait des portes. Il était sans doute temps, après plus d'un an de clandestinité, de révéler au grand jour une liaison que les circonstances avaient jusqu'alors imposé de garder secrète. Il faudrait sans doute encore ruser – jusqu'à quand ? – pour ne pas alerter Raoul et Hélène Pictet qui ignoraient tout de la forme de relation qui s'était établie entre leur fille et le poète. Mais, un jour ou l'autre, ils découvriraient la vérité et Violette s'était préparée aux suites d'une telle révélation, pas trop inquiète, connaissant ses parents d'un tempérament bienveillant et soucieux surtout de son bonheur.

Elle avait souhaité se faire belle pour cette soirée du 8 juin, un jeudi, moment qu'elle avait attendu avec impatience car il marquait son entrée dans le monde. Elle s'était fait confectionner, dans une étoffe fleurie, une robe légère, généreusement décolletée, avec des volants au niveau des manches, une large ceinture de satin rose et des plis réguliers pour la jupe, l'ensemble lui donnant une allure à la fois jeune et distinguée. Ses longs cheveux bruns, bouclés pour la circonstance, avaient été ramenés sur le haut de la tête et glissés, sauf au niveau du front, dans un chapeau décoré de fleurs, un peu incliné sur le côté droit. Cette élégance de Parisienne provoqua un mouvement de surprise chez le poète qui eut du mal à reconnaître dans cette dame à la mise soignée, l'espiègle fillette de Genève. À peine descendu du fiacre avec lequel il était passé la prendre, il passa son bras sous le sien et, avec un air de triomphe, se fraya un passage parmi les spectateurs, s'engagea sous le portique corinthien et franchit la porte de *La Renaissance* où l'attendait celle qui en assurait la direction depuis trois ans, Sarah Bernhardt en personne, la « Divine ».

Cette première avait valeur de revanche pour Aicard et devait en outre le confirmer comme auteur dramatique, lui qui réussissait aussi bien en poésie que dans le roman et qui présentait là son œuvre théâtrale la plus ambitieuse. La pièce qui allait se jouer ce soir, *Le Père Lebonnard*, drame en quatre actes et en vers, avait connu un destin tourmenté. Elle avait, dans un premier temps, en 1886, été soumise au comité de lecture de la Comédie-Française et, acceptée à l'unanimité, été programmée avant d'être repoussée à plusieurs reprises. Les comédiens, dont Edmond Got en particulier, qui interprétait le rôle-titre, avait émis des réserves sur le sujet, demandant à Jules Claretie, le directeur du Français, de faire procéder à des coupures et à des modifications. Ce qui eut pour effet d'irriter l'auteur qui, après deux ans d'attente, préféra renoncer au projet et retira sa pièce pour la confier à une compagnie privée, le Théâtre-Libre d'André Antoine, installé dans la salle des Menus-Plaisirs dans le 10ᵉ arrondissement, qui assura, en octobre 1889, la création, précédée d'un prologue divertissant de Jean Aicard, *Dans le Guignol*. Le spectacle retint l'attention de l'acteur italien vivant à Paris où il était très apprécié, Ermete Novelli, qui décida de monter dans son pays une adaptation qui fut reçue avec un réel succès. Ce retentissement amena Claretie à revenir sur sa décision et à enfin faire jouer le drame par la troupe de la Comédie-Française. Après quelques représentations, toutefois, l'œuvre disparut de l'affiche. Cette reprise à *La Renaissance*, six ans après, avec une troupe excellente, devait la relancer.

Quand, accompagné d'une Violette recueillie et silencieuse, le poète rejoignit sa loge, à quelques minutes à peine du lever de rideau, il eut la désagréable surprise de constater que la salle était loin d'être remplie, de nombreux fauteuils restant inoccupés, de nombreuses loges vides. Il se tourna vers sa compagne, livide :

– On court à l'échec ! Comme je le craignais, Sarah, contrairement à sa promesse, n'aura fait aucune publicité. Je lui avais pourtant recommandé de mener une campagne de réclame ! C'est la règle aujourd'hui au théâtre si l'on souhaite se démarquer de la concurrence. Surtout un soir où on donne Wagner à l'opéra et où la Duse a rameuté les ennemis de Novelli.

Dans la loge voisine, le poète Jean Richepin, personnage fantasque et ami de longue date (c'est lui qui aurait séparé Rimbaud et le photographe Carjat qui en étaient venus aux mains au cours d'une pose pour le fameux tableau de Fantin-Latour *Un Coin de table* sur lequel figure Jean Aicard jeune) se pencha vers son confrère pour le rassurer :

– Ne soyez pas inquiet, cher ami, c'est malheureusement une tradition dans ce théâtre : les spectateurs croient du meilleur chic d'arriver en retard ; je vous garantis un remplissage au neuf-dixième avant la fin du premier acte. Et comme vous le voyez les personnes qui comptent sont déjà là : Mounet-Sully, Edmond Rostand, Victorien Sardou, Maurice Bouchor, des connaisseurs ! Même Claretie s'est déplacé, peut-être en vue d'une nouvelle programmation à Richelieu, qui sait ?

– J'ai aussi repéré le gros Sarcey, ajouta Jean, lui qui fut si dur pour ma pièce et même pour moi à la création. Que me réserve-t-il cette fois ?

La lumière s'est éteinte, le noir s'est fait, les murmures s'atténuent, le rideau se lève. Violette prend la main de Jean et la serre jusqu'à enfoncer ses ongles. Elle ne la quittera pas de tout le spectacle voulant marquer, par ce geste enfantin, son admiration en même temps que sa crainte : elle a tellement envie que le génie de l'homme qu'elle aime soit reconnu, applaudi. Elle n'est pas allée très souvent au théâtre, et jamais dans une telle grande salle, jamais à Paris. Elle ne connaît pas les codes, n'est pas sûre d'apprécier les finesses de ce qui se dit. Elle est pourtant sûre qu'elle assiste à un chef d'œuvre et, avec un peu de fatuité, elle s'en attribue une part du mérite.

On joue. Le public est silencieux, attentif, intéressé.

– Ça mord ! glisse le poète dans l'oreille de sa compagne qui s'étonne de cette appréciation habituellement réservée aux pêcheurs.

Novelli, en Lebonnard, le riche horloger rongé par son secret, est très convaincant, même s'il a tendance à en faire un peu trop, à rajouter des grimaces, des pitreries qui ne s'imposent pas dans une histoire grave qui voit une famille se déchirer. Les applaudissements à la fin du premier acte sont le signe que le succès est acquis, simple, bon et vrai. Même chose pour le deuxième acte, en croissant. Le troisième est enlevé : le public est empoigné, conquis, et le quatre – le dernier – se déroule en sa simplicité tendre. Richepin, à côté, jamais en retard pour un éclat, s'est levé et hurle : « C'est superbe ! » Et, à l'intention de Jean : « Il faut reprendre ça au Théâtre-Français ! » Sarah Bernhardt, depuis l'orchestre, lève les yeux vers l'auteur et, suspendant ses applaudissements, lui envoie un baiser de sa main gantée. Violette a blêmi : la rumeur a fait état d'une aventure entre « l'impératrice du théâtre » et son Jeanny. Elle n'est pas disposée à partager avec des rivales.

Le poète se sent envahi d'un seul coup d'une grande lassitude. Il a gardé dans sa main celle de sa protégée, sa nièce, officiellement.

Il aurait presque envie de pleurer et il pense toujours aux places de balcon et aux loges restées vides. Mais Richepin le secoue, des amis, des connaissances viennent vers lui pour le féliciter : c'est un triomphe, l'avis est unanime. On l'entraîne vers la coulisse pour aller saluer les acteurs et Sarah, sur son passage, lui saute au cou et l'embrasse avec ardeur : « Mon Jean ! Nous avons gagné ! ». Violette se sent toute petite. La Divine ne l'a même pas remarquée.

Novelli, dans sa loge, n'a pas commencé à se démaquiller et, face au miroir, il continue à déclamer, imitant Coquelin fils, puis comme pour se détendre, se met à faire l'idiot, l'indigné, l'abruti. Ce n'est plus le terrible Lebonnard, mais un pitre de café-concert. Aicard se sent trahi, trompé, blessé dans sa sensibilité. Et pourtant il y a quelques minutes le bouffon parvenait à tirer les larmes. Toute la supercherie du théâtre lui devient évidente : utiliser des moyens de jongleur, de saltimbanque pour entrer dans un personnage et faire illusion. Tout est faux, les fleurs sont en papier, les ciels en carton, les bonbons pas réellement empoisonnés... Le texte, l'auteur ne comptent pour rien : tout réside dans les talents de prestidigitateur du comédien qui prostitue sa face humaine en jouant la tristesse, l'émotion, les sentiments.

Dans cette pièce, peu de ses admirateurs ou de ses adversaires le savent et seule Violette pourrait l'avoir compris, le poète a mis beaucoup de lui-même en choisissant comme ressort essentiel la bâtardise, un sujet qui le hante, lui qui, enfant illégitime né hors mariage, sera déclaré, bizarrement, « de mère inconnue ». Cette histoire qu'il a porté à la scène – et confié à un bateleur de foire – c'est la sienne, ce drame, c'est la blessure secrète qu'il dissimule depuis l'enfance et dont il tente de se libérer par la vertu conjuratoire de l'écriture.

Trois ans après *Le Père Lebonnard*, il avait repris le sujet dans un roman, son deuxième, le plus réussi aux yeux des spécialistes, *Le Pavé d'amour*, une intrigue assez conventionnelle située, dans sa ville de naissance, Toulon, faisant intervenir trois personnages principaux dont les prénoms commencent par la lettre A, la lettre initiale de son patronyme. La pauvre mais digne couturière Angèle, ne peut résister aux avances de l'officier Adrien dont elle aura un enfant qui sera élevé par un autre que son père, le quartier-maître breton Alain. Et l'enfant non reconnu, le petit bâtard sera appelé Jean-François, le prénom porté par le père de l'auteur.

Ce roman sentimental et triste, Violette l'avait lu avec avidité. Elle avait aimé les descriptions de cette ville de Provence d'où venait Jean, des petits villages environnants, de ces plages de sable et de ces petits ports de pêche qui la faisaient rêver, elle qui n'avait jamais vu la mer. Elle s'était vaguement identifiée à la timide Angèle, à peine plus âgée qu'elle, et succombant au charme d'un homme supérieur, un *midship* plein d'avenir, comme elle qui s'est donnée à un prestigieux homme de lettres.

Le poète va refuser, malgré l'insistance de ses amis, de prolonger la soirée au restaurant, comme c'est l'usage, prétextant la fatigue et une migraine tenace. Dans la voiture qui ramène le couple, Violette hésite à parler, à rompre un silence qui semble s'accorder à la mélancolie de son compagnon. Enfin elle ose un commentaire :

– Cette soirée sera pour moi inoubliable, Jeanny, car j'ai compris ce qui fait la richesse de votre vie, et aussi j'ai mesuré le chemin qu'il me reste à parcourir pour me montrer digne de vous. Non ! ne protestez pas ! Je ne suis rien et vous vous êtes tout. Comment réussir à vous mériter, à l'emporter sur ces belles femmes qui guettent vos faveurs, comme madame Sarah Bernhardt ? Je n'ai à vous offrir que ma jeunesse et la sincérité de mon amour…

– Mais c'est là l'essentiel, très chère enfant. Ces belles dames dont vous parlez ne m'intéressent pas car elles n'ont rien de vrai, elles ne sont que des silhouettes dans un paysage, que des papillons tournant autour d'une lumière, d'ailleurs assez vacillante dans mon cas, celle du renom, de la gloire, de la fortune. Vous, vous êtes une vraie personne, vous ne cherchez pas le paraître. Et vous n'imaginez pas le cadeau que vous me faites en m'offrant votre vérité et votre fraîcheur. Je n'étais, avant de vous connaître, qu'un vieux célibataire desséché, ne pensant qu'à son œuvre, ne vivant que pour la reconnaissance de ses lecteurs. Grâce à vous, j'ai découvert le bonheur d'aimer, le plaisir des sens, le frisson de l'interdit. C'est un miracle du mal que votre liberté, c'est un miracle du bien que votre confiance. Je t'aime, Violette, j'ai besoin de toi, de te voir, de t'entendre, de retrouver tes tournures drôles de petite femme, tes colères, tes rages, tes gentillesses. Allez, tu vaux mieux que moi et c'est à moi de te remercier d'exister et de m'accepter tel que je suis, avec cette *malignité* qui me menace depuis l'enfance, ce trouble d'âme dont tu as eu un aperçu ce soir. Je n'avais pas d'enfant, tu es ma fille ; je n'avais pas de femme, tu es ma petite épouse. Continuons à nous aimer, mon petit lierre, toi la fille aînée de mes illusions.

Ne jugeant pas utile de répondre elle se serra un peu plus contre lui et posa sa tête sur son épaule. Plus un mot ne fut échangé.

Le fiacre était arrêté depuis déjà plusieurs minutes et le cocher, dans un mouvement d'impatience, donna un coup de cravache sur la portière et, d'une voix forte, s'écria :

– Eh ! les amoureux, vous êtes arrivés, nous sommes au 8 rue Abbé-de-l'Épée. Il est temps pour tout le monde d'aller se coucher.

5

Le professeur Raoul Pictet qui aimait à se compter parmi les amis du poète, lut avec satisfaction, à son retour de voyage, les comptes rendus flatteurs de la pièce *Le Père Lebonnard* et forma immédiatement le désir de pouvoir, accompagné de ses deux filles et de quelques amis, assister à une représentation. « *Vous me combleriez, cher ami, si vous pouviez accéder à ma requête et obtenir la réservation de deux loges bien placées pour une séance à La Renaissance avant la relâche estivale* » écrivait-il dans une dépêche adressée à Aicard. Et, après avoir précisé (délicatesse d'Helvète) qu'il tenait absolument à s'acquitter du prix des billets, il ajoutait : « *Bien entendu, nous serions, Hélène et moi, au comble de la joie si vous nous faisiez l'honneur et l'amitié de vous joindre à nous pour l'occasion. Notre fille Violette, dont vous soutenez les efforts littéraires et qui vous admire tant, serait également heureuse d'assister à une œuvre théâtrale majeure à vos côtés. En vous remerciant par avance, je vous prie de croire, cher ami...* »

Cette demande spontanée et amicale eut pour effet de plonger Jean dans un profond embarras. Il se trouvait face à une sorte de dilemme cornélien, et, avec son goût pour les références littéraires, il commença à se réciter le début des stances du *Cid*. Peut-il refuser un tel service à une personne qui lui a toujours témoigné de l'estime et qui lui a – involontairement, il est vrai – ouvert les portes de l'amour ? Peut-il, à l'inverse, accepter d'entrer dans le jeu d'une comédie grotesque que sa droiture morale réprouve ? Doit-il saisir la circonstance pour tout avouer au professeur en lui déclarant : « J'aime votre fille et je crois être aimé d'elle. Nous nous voyons régulièrement, et pas seulement pour parler poésie. Je n'ai pas l'intention de l'épouser, mais je compte la garder comme maîtresse pour agrémenter mes vieux jours. » Pas très défendable. C'est l'impasse : aucune solution n'est satisfaisante.

Une idée sournoise lui traversa l'esprit : et si le bon professeur était en train de lui tendre un piège, s'il était au courant de la liaison et qu'il souhaitait faire éclater l'affaire au grand jour, en confondant publiquement le séducteur ? Non. Pas le genre du personnage. Et Violette aurait eu vent du stratagème. Rien de tel. Simplement une situation rocambolesque qui, au théâtre, produirait de sûrs effets comiques. Un peu dans l'esprit de ces pochades en un acte que le poète s'était amusé à écrire et à faire jouer, tel *L'Amour gelé*, où l'on voit le galant se réfugier sur le balcon pour éviter de croiser le mari et qui est condamné à subir un froid sibérien.

Après une journée passée en réflexions et hésitations, Jean, ayant consulté le calendrier des représentations, proposa à Raoul Pictet, par télégramme, de lui réserver deux loges pour la séance du 20 juin, la dernière avant la fermeture du théâtre. Cette date était déjà, depuis longtemps, cochée sur son agenda pour une autre raison, plus importante à ses yeux : c'était celle d'une nouvelle élection à l'Académie française afin de pourvoir au fauteuil n° 38, celui laissé vacant par Ferdinand de Lesseps, décédé au mois de décembre dernier, et il était candidat. Jean pensait – et autour de lui on confirmait ce sentiment – avoir, pour ce nouveau scrutin, plus de chances que pour le précédent, un an plus tôt, où il n'avait recueilli que deux voix au premier tour et aucune au second. Six candidats étaient en lice et seul Francis Charmes, député du Cantal, chroniqueur au *Journal des débats* et, depuis peu, à la *Revue des deux Mondes*, était en mesure de le devancer. Se rendre au théâtre ce même jour pour revoir sa pièce en présence de Violette et vivre une soirée pleine d'imprévus ferait diversion et serait finalement un bon moyen pour éviter d'attendre avec angoisse dans sa chambre ou au café le résultat du vote.

Pictet, son épouse, sa fille et deux hommes inconnus, dont l'un assez jeune, les cheveux longs ajustés sur la nuque en catogan, la barbe bien taillée, habillé avec un luxe ostentatoire, attendaient le poète devant le portique de *La Renaissance*.

– Cher ami, comment vous remercier de ce merveilleux cadeau, dit le professeur en serrant les mains du poète, vous ne pouviez pas nous faire plus grand plaisir. Ma fille aînée, Thérèse, souffrante, n'était pas en état de sortir et vous demande de l'excuser. En revanche Violette n'aurait, pour rien au monde, laissé sa place. Elle vous apprécie tant ! (Était-ce une allusion voilée ?) Vous connaissez Hélène, bien sûr, et je souhaite vous présenter deux amis qui ont tenu à voir cette pièce dont on dit le plus grand bien. Voici le professeur Brunet, mon collègue au Collège de France, un éminent physicien, plus savant que moi, et puis voici Alfred Schaffer, venu de Suisse et de passage à Paris : il est musicien et il ne devrait pas tarder à achever son premier opéra. Un garçon d'avenir.

Jean salua chaleureusement le physicien et adressa un vague signe de tête au musicien-dandy qui semblait plus soucieux de se frotter à Violette que de s'intéresser au programme de la soirée. L'irritation du poète ne fit qu'augmenter quand on en vint à la répartition des places : la première loge, serait attribuée au couple Pictet et, évidemment, à leur ami Jean Aicard, l'auteur de la pièce ; dans la seconde prendraient place les deux invités qui tiendraient compagnie à Violette. Ni la jeune fille ni le poète ne pouvaient s'opposer à cette logique distribution.

Depuis sa loge, le poète gardera les yeux rivés sur la loge voisine et assistera, silencieux et rageur, aux manœuvres audacieuses de l'entreprenant Schaffer. Alors que Brunet le savant, captivé par le spectacle, oublie ses compagnons, le musicien, placé juste derrière Violette, mène sa cour sans vergogne, glissant dans l'oreille de la jeune fille des paroles doucereuses, se penchant vers elle jusqu'à lui souffler dans le cou et tenter d'y déposer un baiser – ce qui provoque de la part de Violette une vive réaction qui calme provisoirement les ardeurs du galant.

Jean, au supplice, assiste à ce flirt indécent que Pictet, observateur attentif lui aussi de ce qui se passe dans la loge d'à côté, semble accepter avec complaisance, voire l'encourager du regard. Sans doute le bon professeur a-t-il lui-même planifié les événements en vue de pousser sa fille dans les bras de ce compatriote raffiné qui a tout d'un bon parti. Il n'est pas interdit de penser qu'un discret machiavélisme l'a conduit à placer son prétendu ami le poète, dont il aura probablement appris l'aventure avec Violette, en position de témoin et presque de complice involontaire de cette opération de séduction. Le malheureux Jean mesure en lui-même l'ironie de la situation : c'est par le biais d'une représentation de la pièce dont il est l'auteur qu'il se verrait supplanté dans le cœur de Violette par un rival sans talent mais mieux placé que lui pour faire un bon mari. À la jalousie, un sentiment qu'il n'a guère connu jusqu'ici et dont il se croyait à l'abri, se mêle une douloureuse sensation de ridicule, l'impression d'être le dindon d'une farce de mauvais goût.

Le comportement de Violette, visiblement agacée par les avances du musicien, a toutefois de quoi rassurer le poète. Il connaît sa sylphide, il fait confiance à son « petit chien », à son « lierre adoré » qui lui a prodigué, depuis plus d'un an, d'incomparables preuves d'amour. Mais ce Schaffer a sur lui un avantage de poids, la jeunesse, et, moins important mais pas négligeable, il est originaire du même pays que Violette, partage sa religion et constitue le choix de ses parents. La pauvre enfant aura-t-elle la force de résister ? Surtout si elle devait être laissée seule avec le jeune beau, ce qui va se produire le temps de l'entracte. Car Pictet a prévu d'aller offrir à Sarah Bernhardt un somptueux bouquet de fleurs, démarche pour laquelle l'accompagnent, bien naturellement, Hélène et Brunet, mais que se doit de guider le poète sur lequel le professeur compte pour l'introduire auprès de la « Divine » dont il est un familier, un intime dit-on. Il ne peut leur refuser une telle faveur.

Le piège se resserre un peu plus. Jean aimerait que tout cela finisse.

Ce ne sera pas le cas, car le diabolique professeur a réservé une table chez Saillon pour terminer cette mémorable soirée par un dîner en l'honneur du brillant auteur de *Le Père Lebonnard*. L'épreuve va donc se poursuivre dans cette brasserie à la mode de la rive droite. Au cours du repas, Schaffer poursuit son badinage que Violette, sous l'effet de la fatigue ou du vin, reçoit avec moins de froideur que dans la loge. Après tout, cela n'est qu'un jeu sans conséquence, pense-t-elle. Elle rit des plaisanteries du musicien, le laisse lui prendre la main, lui fait des confidences, comme celle du projet de l'achat d'une bicyclette qui l'aidera à se déplacer dans Paris ; le séducteur lui propose immédiatement de lui offrir un costume de bicycliste, ce qu'elle repousse avec véhémence : « Je ne veux pas recevoir de cadeau de vous ». « Bien répondu », pense Jean qui ne tient plus en place.

À l'heure du champagne, le musicien, un peu gris lui aussi, redoublant d'audace, manifeste le désir de boire dans la coupe de sa future (il se croit déjà fiancé). Refus catégorique de Violette. Insistance du jeune homme qui fait mine de saisir la coupe d'une main, alors que de l'autre il s'oppose au mouvement de défense de Violette. Celle-ci, voulant se libérer, se débat maladroitement, ce qui a pour effet de la rapprocher d'Alfred qui passe son bras gauche derrière elle, enlace avec force la taille, et, s'inclinant vers son visage, dépose un furtif baiser sur ses lèvres. Violette s'échappe, s'apprête à gifler l'impertinent quand elle croise le regard réprobateur de son père et celui, horrifié, de Jeanny. Elle se dégage. Schaffer se rajuste. Il est presque 2 heures du matin.

C'est le moment que choisit le poète, à bout de patience, pour solliciter l'autorisation de se retirer. Il a eu une journée épuisante et il lui faut, dans quelques heures, accomplir une démarche administrative de la plus haute importance – il juge inutile de parler de sa candidature à l'Académie. Il remercie le professeur, s'incline devant son épouse, serre la main de Brunet, se détourne de Schaffer et adresse un sourire crispé à Violette.

La bonne nouvelle qui aurait pu, le lendemain, lui faire oublier l'infidélité de sa sylphide et le rôle grotesque qu'il avait eu à jouer, n'arriva pas : il n'était pas élu, même si la défaite était honorable. Les Immortels présents pour le vote sous la Coupole l'avaient placé, au premier tour, en deuxième position avec 10 voix, à peine une de moins que Charmes qui arrivait en tête. C'est sur ce dernier que s'étaient reportées les voix du second tour pour lequel l'homme politique et journaliste obtenait 15 voix et Aicard seulement 7. Les deux tours suivant ne purent dégager une majorité, fixée à la moitié des suffrages, et le vote fut renvoyé à une date ultérieure. Décidément, cette calamiteuse journée de fin de printemps serait à effacer des mémoires.

Il s'apprêtait à envoyer une lettre cinglante à Violette quand la concierge de son immeuble de la rue Michelet vint lui annoncer qu'une jeune fille fort bien mise mais trempée jusqu'aux os souhaitait le voir. Fallait-il la faire monter ?

Violette, qui avait eu l'imprudence de sortir sans parapluie et tenu à faire le chemin à pied, était à sa porte, attendant une invitation à entrer et une serviette pour se sécher les cheveux. Jamais, sans être clairement invitée, elle ne s'était rendue spontanément au domicile de son amant, les derniers rendez-vous ayant toujours lieu chez elle, ou plus exactement chez ses parents, ou à l'hôtel. Les circonstances justifiaient cette entorse à leurs conventions, et le poète, loin de lui en faire grief, ouvrit largement les bras où se réfugia la jeune fille dont on ne savait si le visage ruisselait d'un reste de pluie ou de fraîches larmes. C'est elle qui parla la première, avant même de s'asseoir.

– Je suis venu vous demander pardon pour mon attitude d'hier soir. J'ai été franchement ridicule. J'ai vu votre souffrance, mais vous devez comprendre la mienne, mon obligation de dissimuler, de donner le change pour ne pas éveiller les soupçons de mon père qui ignore tout de notre amour. J'ai été faible et stupide, c'est vrai, mais je suis fière malgré tout d'avoir su résister à ce Schaffer qui m'a pris pour une femme facile. Et je viens en déposer la gloire à vos pieds.

– Il vous a quand même volé un baiser, répondit le poète piqué, il vous serrait de près d'une manière peu convenable, sans que vous protestiez vraiment. Avez-vous songé à ce que j'ai pu ressentir. Je ne crois pas avoir mérité de subir une telle humiliation. Je pensais que vous teniez à moi, que …

– Vous avez raison, mon Jeanny, j'aurais dû être plus ferme, mais il y avait mes parents, puis le champagne. Je n'ai pas souhaité cette situation et je n'ai pas été assez forte pour la maîtriser. Mes nerfs, une fois de plus… Je vous l'ai souvent dit. Je vois mon cas désespéré, je suis si abîmé moralement et physiquement et si lasse de lutter, de cacher mes sentiments, de jouer la comédie. Vous n'imaginez pas ce que c'est que de devoir rire quand on voudrait pleurer, comme hier, en présence de cet odieux personnage.

Jean renonça à lui servir la litanie de reproches qu'il avait préparée. La scène d'hier était dépassée : il avait devant lui une gamine désemparée qui demandait de l'aide.

– Mais je suis là, chère enfant, je veux pouvoir vous soigner, vous entourer, vous donner tout ce qui vous manque, vous rendre heureuse. Je souffre aussi de voir l'espèce d'abandon, de dénuement de tendresse où vous vous trouvez. Reposez-vous sur moi.

– Je sais votre amour, Jeanny, je reconnais que vous me montrez et me donnez tout ce qui me manque, le soutien moral dont j'ai tant besoin, la tendresse, l'affection. Mais je n'arrive pas à me sentir heureuse, j'ai même l'impression d'attirer le malheur, et je regrette le jour où je me suis jeté au travers de votre vie. Je suis née sous une mauvaise étoile. Je suis une damnée qui apporte le désespoir et la souffrance.

– Comment peux-tu dire une chose pareille, chère Violette, alors que tu me donnes la joie de vivre, le goût d'entreprendre, que tu me consoles de mes échecs, que tu as réveillé mes sens assoupis, que ta compagnie me fournit l'énergie pour continuer à écrire, pour aller de l'avant, bâtir une œuvre, chercher la reconnaissance.

En essuyant ses larmes et sans le regarder elle reprit le fil de son discours :

– Je crois plutôt que je suis pour vous un fardeau, que je suis venu troubler votre vie, apporter le désordre, que je vous prive de la tranquillité nécessaire à votre travail. Je suis damnée, je vous l'assure ! La « fille de vos illusions » comme vous m'avez dit un jour. Et pourtant, je ne veux pas vous perdre, je tiens à vous, vous êtes la personne qui compte le plus pour moi, c'est vous qui m'aidez à supporter la vie.

– Et pour moi aussi, petite sotte. Et je vais te le prouver à l'instant. J'ai bien réfléchi et je comprends qu'il faut dépasser le temps des dissimulations, des cachotteries et des mensonges. J'ai résolu de te demander en mariage. Voilà ! Serais-tu prête à m'épouser ? Tu deviendrais Madame Jean Aicard, l'épouse de l'écrivain. Certes, je ne suis plus très jeune, mais j'ai encore assez de force pour fonder un foyer, une famille même, et je ferai tout pour te rendre heureuse.

– Oh ! mon Jeanny ! comme vous êtes bon et comme j'aimerais vous faire plaisir. Mais je ne peux pas accepter votre proposition, même si elle me touche. Je crois que je ne suis pas faite pour le mariage, et vous encore moins. Je vous décevrais, je ne serais pas à la hauteur. Au moins pour l'instant. Et pour être une

71

bonne épouse, il faut être la première, et avec vous, je serais toujours la seconde. Une autre femme me précède, elle habite près de Toulon, dans une belle maison que je rêve de connaître, et elle vous aime beaucoup, et depuis longtemps.

– Tu penses à ma sœur Jacqueline, madame Lonclas. L'affection qu'elle me porte et que je lui rends ne peut faire de l'ombre à notre amour. Elle est une personne pleine de sagesse et qui ne m'a jamais empêché de songer au mariage. Peut-être même le souhaite-t-elle. Elle connaît ton existence, je lui ai cité ton nom, elle m'a vu t'écrire ; il me suffit de la convaincre, et je crois avoir les arguments pour réussir.

Ces derniers mots ont été prononcés avec un débit rapide par un homme au regard fuyant qui a conscience de travestir la vérité, de la présenter sous une forme plus conforme à son désir qu'à la vraisemblance. Jean sait bien, à l'intérieur de lui-même, que sa sœur Jacqueline, madame Lonclas, comme il la nomme quand il parle d'elle avec Violette, n'a aucune envie de le voir prendre épouse et encore moins de l'imaginer se lier officiellement avec cette intrigante sans scrupule cherchant à tirer bénéfice d'une relation née plus du calcul que du sentiment. Le poète a en mémoire les ruses qu'il lui faut employer, quand il est aux *Lauriers-Roses*, pour récupérer les correspondances de sa jeune maîtresse (à la poste restante, chez Armagnin ou chez l'instituteur du village) et celles, encore plus élaborées, auxquels il a recours pour rédiger ses propres lettres (souvent la nuit, et toujours en cachette) et pour aller les poster en prétextant une course ou une visite. La perspective de devoir aborder la question du mariage avec Jacqueline, de faire l'éloge de Violette, lui donne froid dans le dos. Mais ce soir, pour consoler sa sylphide dont il a perçu le désarroi, pour la reconquérir et surtout ne pas la perdre, il est prêt à toutes les concessions et à toutes les promesses. Comme celle qu'il gardait en réserve, sans l'avoir préméditée, plus plausible que l'autre et qui doit mettre un terme à la crise.

– Et pour commencer, belle enfant, avant même d'en venir à ce projet de mariage dont nous reparlerons, j'ai une autre surprise pour toi, une proposition qui répond, j'en suis persuadé, à tes vœux : celle de venir me rejoindre cet été dans le Var. Je dois partir pour La Garde dans une quinzaine de jours. Laisse-moi le temps de préparer ton arrivée, d'organiser ton séjour, et dès le début du mois d'août, tu prendras le train pour Toulon où j'irai te chercher. Je te ferai connaître la ville, mon pays, ma maison, mes amis. Je te fais confiance pour faire la conquête de madame Lonclas, pas aussi sévère que tu le crois. Tu as eu un aperçu de ma vie d'auteur dramatique au théâtre ces derniers jours. Tu vas connaître maintenant ma vie d'écrivain provençal, d'homme de la campagne, et découvrir une région qui m'inspire, que je ne voudrais pas quitter, sur laquelle il me reste beaucoup de choses à écrire. Toi à mes côtés, je sens que mon travail sera plus léger.

Violette a cessé de pleurer. Ses yeux sont secs, comme ses cheveux. Et ces mêmes yeux se sont mis à briller, illuminés par d'invisibles rayons de soleil car dehors il pleut toujours. Elle a retrouvé son calme, elle n'est plus l'âme damnée, mais la petite fille aimante :

– Merci Jeanny aimé, merci de ce nouveau cadeau. Merci de m'accueillir chez vous. Le mariage, pour moi, est moins important que de partager ce qui vous touche. Et par-dessus tout le bonheur de découvrir cette Provence que vous avez célébrée dans vos poèmes et que j'aime parce que je vous aime et parce que vous l'aimez. Alors, nous serons un peu Miette et Noré, les personnages de votre beau livre, moi la pauvre Miette et vous le riche Noré, et je me récite, en attendant, la première strophe de l' « Invocation » qui ouvre le roman :

Je te connais bien, Provence, et si je t'aime,
Tombe vivante des aïeux,
Dicte-moi des vers forts comme tes rochers même
Et, comme ton ciel, purs et bleus.

La pluie venait subitement de cesser. Elle songea, calmée, à le quitter. Jeanny avait sûrement à faire. Il la raccompagna jusqu'au bas de l'escalier et appela un fiacre.

6

La bicyclette, d'un noir rutilant, était enfin arrivée aux *Lauriers-Roses*, livrée par la jeune usine « Terrot » de Dijon qui venait de se lancer avec succès dans ce type de fabrication. Jean espérait que ce modèle serait plus fiable et plus performant que le précédent de marque « Gladiator » (une compagnie installée au Pré Saint-Gervais) qui lui avait été expédié de Paris par le magasin Lefriec, et qui s'était révélé défaillant sur bien des points : « seize tares », avait-il écrit à Violette : les pneus, les freins, le cadre, etc. Il avait fallu retourner l'engin, obtenir un remboursement et passer une nouvelle commande, ces démarches retardant de plusieurs mois les débuts de bicycliste du poète. Enfin, l'affaire semblait réglée et il allait pouvoir, avec des amis, dont Armagnin, converti à la bicyclette depuis longtemps, parcourir les routes parfois inconfortables du Var, aller jusqu'à Toulon, La Crau, Hyères, Bormes où l'appelaient diverses obligations. Dans l'immédiat, il se disposait à prendre le chemin de Carqueiranne.

L'objectif était de trouver un petit logement agréable pour Violette qui devait arriver en Provence le 7 ou 8 août. Carqueiranne avait été choisi pour sa proximité avec La Garde (à peine une quinzaine de kilomètres) et parce que le village, récemment détaché de Hyères, se trouvait en bordure de mer. La description esquissée par Jeanny dans une lettre avait contribué à séduire sa sylphide, impatiente de découvrir la Méditerranée : « *Un hameau de pêcheurs, assis presque dans l'eau, sur une jolie plage au pied des collines très doucement inclinées, chargées de vignes, de fleurs, de bruyères et de pins* ». Elle avait immédiatement recopié la phrase, un peu trop poétique sans doute, dans son journal, et, la relisant, elle imaginait ce petit port où des pêcheurs à l'accent chantant venaient tirer leurs barques, ces fameux « pointus » dont lui avait parlé Jeanny, ce charmant village, coloré, joyeux, exotique, sans comparaison avec les sages et ternes localités bordant le lac Léman. Le nom seul de Carqueiranne la faisait rêver, par sa forme étrange, originale, chargée de promesses.

Il lui restait quelques jours à patienter pour voir de ses yeux ces lieux de bonheur.

Comme prévu, Jean fit le trajet à bicyclette, ce qu'il regretta vite en raison d'une chaleur suffocante et d'un manque d'entraînement qui l'obligea à s'accorder plusieurs pauses. Parti de la plaine de La Garde, il se dirigea, au sud-est, vers la commune voisine (et un peu rivale) du Pradet puis, par une longue ligne droite tracée entre les vignes et les cultures maraîchères, il arriva en moins d'une heure à destination. Il préféra, à l'entrée du village, délaisser son centre, quitter la route qui continue vers l'anse de l'Almanarre et la presqu'île de Giens, et prendre sur la droite une voie bordée de platanes pour rejoindre le petit port des Salettes où il espérait trouver le logement idéal pour y cacher ses amours.

Il partait un peu au hasard, ne disposant que d'une vague indication fournie par son ami Alexandre Vigourel, maire de Bormes, qui lui conseillait de s'adresser à une certaine Madame Artigue, dans le quartier des Pins Penchés, personne obligeante et ancienne dans le pays qui saurait le guider dans ses recherches. Après avoir interrogé les rares passants qui avaient bravé la chaleur, il lui fallut se rendre à l'évidence : Madame Artigue n'avait jamais existé ou avait quitté les lieux depuis longtemps. On lui fit comprendre aussi que les logements étaient rares en bord de mer et qu'il aurait intérêt à revenir vers le cœur du village.

Là, autour de l'église Sainte-Madeleine, on lui proposa deux logements acceptables qu'il refusa à cause des voisins de palier. Sa jeune nièce, expliquait-il d'un ton dégagé, fatiguée de la vie parisienne, aspirait à la tranquillité, et lui-même souhaitait pouvoir lui rendre visite de manière discrète. Ces arguments faisaient naître un semblant de sourire sur le visage des logeuses qui considéraient avec un air complice ce monsieur élégant mais plus très jeune, pas en âge de pousser une bicyclette et pas très convaincant sur l'identité de sa prétendue parente.

Après plusieurs tours de village, on lui indiqua, un peu à l'écart, au lieu-dit Val Vert, une petite maison isolée qui aurait pu faire une habitation décente, à condition d'avoir une femme de ménage ; sauf que la maison était habitée à moitié ce qui, évidemment, ne pouvait convenir, toujours pour les mêmes raisons de discrétion. Une autre fois peut-être, quand les locataires seraient partis, ce qui était prévu pour bientôt.

Proche du découragement, le poète se disposait à reprendre la route de La Garde quand un vieux monsieur, assis sur un banc, lui suggéra de faire un détour par La Garonne, un hameau en bordure d'une petite anse dépendant de la commune du Pradet. Une parente à lui, veuve d'un pêcheur, possédait là une maison assez modeste mais trop grande pour elle seule, et elle pourrait louer pour pas grand-chose une chambre ou deux. Autre avantage, les fenêtres de la maison s'ouvraient sur la mer.

Jean enfourcha sa bicyclette, gravit avec peine la redoutable montée qui mène à La Garonne, se fit indiquer, dans ce minuscule bourg endormi, l'endroit où habitait Madame Giraudo, une brave femme vêtue de noir qui lui proposa de lui céder deux pièces avec toutes les commodités. Le prix était dérisoire mais le poète ne donna pas suite car l'accès n'était pas indépendant. Difficile d'être à l'abri des regards. Tout restait à faire et il se résigna à retourner à Carqueiranne et à s'adresser à l'hôtel *Beaurivage*, le seul du village, qu'il avait jusqu'alors écarté et qui n'était pas très loin de la mer. Finalement, c'était la meilleure solution, on était servi, il y avait peu de monde (seulement huit chambres) et la maison permettait, moyennant un léger supplément, que l'on dîne chez soi. Mort de fatigue, le poète arriva aux *Lauriers-Roses* vers 7 heures du soir, juste à temps pour s'installer devant le potage où l'attendait Madame Lonclas.

– Tu es bien courageux d'être parti à bicyclette avec ces chaleurs. J'espère que ta nouvelle machine marche mieux que la précédente et que tu as pu faire une bonne promenade, dit Jacqueline avec une pointe d'ironie, comme chaque fois qu'elle soupçonnait chez son frère une tentative d'émancipation sociale et plus encore amoureuse.

Jean répondit de façon évasive et le sujet fut écarté au profit d'un autre : l'invitation du poète, le lendemain 4 août, à présider, à Hyères l'inauguration d'une école de filles. On attendait de lui, gloire locale souvent sollicitée, qu'il prononçât un discours bien construit sur les vertus de l'éducation et qu'il lût quelques poèmes illustrant la question. La cérémonie serait suivie d'un déjeuner auquel Madame Lonclas était conviée. Ce serait une bonne manière de combler les trois jours qui séparaient Jeanny de l'arrivée de Violette.

Le train de nuit qui l'amenait de Paris déposa la jeune femme en gare de Toulon alors que la ville s'éveillait à peine. Jean, accompagné de François Armagnin, impatient de connaître l'élue, s'empara des bagages de la voyageuse et la conduisit au Buffet de la gare pour le temps d'un petit déjeuner en lui annonçant qu'on rejoindrait Carqueiranne dans la journée, mais qu'auparavant était prévu un rapide tour de ville pour une découverte des lieux de son enfance.

– Notre ami Jean, expliqua Armagnin en rejoignant la voiture qu'il avait tenu à mener lui-même, est un véritable amoureux de Toulon et il est, comme vous le savez, le poète de la Provence. Il a beau laisser vagabonder son imagination, sa muse le ramène toujours vers la rade, ce port qui l'a vu naître, moins distingué que Nice, moins actif que Marseille, mais si attachant. Je suis né moi aussi pas très loin du port, rue Pomme-de-Pin, et mon père exerçait la profession de contremaître voilier. Je manque peut-être d'objectivité, mais Toulon est pour moi le seul endroit au monde où il fait bon vivre.

Ils ne disposaient pas du temps nécessaire pour une véritable visite guidée, et ils allaient se limiter à une sorte d'initiation toulonnaise à partir de quelques rues ou de certains quartiers représentatifs de l'âme de la ville ou auxquels Aicard, pour des raisons personnelles, était plus attaché que d'autres. À commencer par la rue de l'Ordonnance, discrète venelle pas très loin du port qui, depuis le « Champ-de-bataille », permettait de rejoindre le cœur de la cité, notamment la rue Royale et, plus au nord, le boulevard de Strasbourg, où se trouvaient les tavernes à la mode.

– C'est dans cette petite rue, au numéro 1 que j'ai vu le jour, dans cette maison bourgeoise où mon grand-père Jacques Henry Hippolyte avait installé un établissement de bains qui lui assura une belle aisance. Malheureusement, en gestionnaire insouciant, il ne sut pas faire face à la concurrence et, ayant tout perdu, il dut se retirer dans sa modeste bastide de Sanary, « *un désert où cacher (s)a pauvreté tranquille* » comme j'ai pu l'écrire naguère dans un poème, et comme j'aime à le dire. Je rêve d'être assez riche pour racheter cette maison avant qu'elle ne soit détruite.

Violette connaissait en partie l'histoire de la maison et surtout le roman de la naissance illégitime du poète, quand son père Jean-François, écrivain lui aussi et adepte militant du Saint-simonisme, avait séduit l'épouse de son ami Amédée André, la jolie Victoire Isnard, fille d'un joailler de la rue de la Poissonnerie. Le mari de Victoire, Amédée, rachètera la maison du grand-père, mais c'est à Jean-François que reviendra le mérite de rendre mère la jeune Victoire dont le nom ne figure pas sur l'acte de naissance du futur poète, déclaré « de mère inconnue ». La sylphide aurait aimé en savoir un peu plus, mais Jean se contenta d'abréger les explications :

– Mes parents durent quitter Toulon peu après ma naissance et aller cacher leur amour à Paris, un peu comme nous, très chère enfant. Mais cette ville et cet endroit restent chers à mon cœur.

Le pèlerinage se limita à cette station fondatrice pour se transformer en joyeuse promenade touristique avec un passage par la poissonnerie, carrefour animé des cancans sous une halle soutenue par quatre fort piliers cylindriques, puis par le cours

Lafayette où se tient un marché aux légumes et aux fruits de renom national, fréquenté par une population colorée et bruyante. Après un rapide détour par le port où, entre les maisons, se devinaient les cuirassés prêts à prendre la mer, la fin du parcours devait les mener vers le quartier réservé, le mythique « Chapeau rouge » délimité par la Rue du Pavé d'amour dont le nom renvoyait au titre du roman qu'avait dévoré Violette.

– C'est ici que les matelots de l'escadre, et parfois quelques gradés, viennent au retour du Tonkin ou de Madagascar, chercher un moment d'oubli et de plaisir, dit le poète.

Au trouble de sa compagne, choquée par la tenue lascive de femmes demi-nues installées sur des chaises devant des façades lépreuses d'où elles hélaient des matelots titubants qui les abordaient avec vulgarité, il opposa un commentaire bienveillant emprunté à un de ses livres et en relation avec le nom du lieu : « *Toulon est une ville où l'herbe d'amour pousse et fleurit drue entre les pavés.* »

Il fut temps, alors, de reprendre la route, Armagnin tenant toujours les rênes, les amoureux se serrant sur la banquette, vers Carqueiranne et, après un détour par le petit port des Salettes pour enfin voir de près la mer, de rejoindre l'hôtel *Beaurivage*. La petite avait besoin de repos.

– Elle est charmante, commenta François sur le chemin du retour en parlant de Violette. Mais elle donne l'impression d'être triste, et pas en très bonne santé ; pas comme nos belles jeunettes de Provence à la peau dorée et au sourire facile. Ah ! ces Parisiennes ! Quelques jours à profiter de notre soleil et de quelques bains de mer lui feront le plus grand bien. Il faudra aussi que tu nous l'amènes manger à *L'Oustalet*, notre bastide de Saint-Jean-du-Var, Élisabeth sera heureuse de la connaître.

– J'ai surtout l'intention de la présenter à Jacqueline à qui j'ai parlé d'elle de façon vague et qui ne s'est pas opposée à une rencontre, même si elle ne semble pas très impatiente de faire sa connaissance. J'ai prévu de venir la chercher demain pour l'emmener aux *Lauriers-Roses* ; j'espère que tout se passera bien.

Tout ne se passa pas bien, comme on pouvait s'y attendre, même si le début n'annonçait rien de la catastrophe.

Jean avait fait en sorte que la visite eût lieu un samedi, jour où sa sœur avait coutume de se rendre à Toulon pour accomplir quelques achats, voir des amis et humer l'air de la ville. Avant son retour pour l'heure du déjeuner, il avait le temps de proposer à Violette un tour du propriétaire (formule impropre car la maison appartenait à Jacqueline qui la faisait partager à son cher frère) et surtout de la préparer à l'épreuve des présentations.

La jeune femme tomba littéralement sous le charme de la maison et du domaine. Les pièces qu'elle parcourait sous la conduite de Jeanny se mettaient à lui ressembler, paraissaient conçues, aménagées pour lui, sauf peut-être la cuisine du rez-de-chaussée, endroit où il ne devait guère pénétrer. Mais la grande salle à manger du même niveau, et surtout le lumineux bureau-bibliothèque de l'étage où le poète s'installait pour lire ou pour recevoir ses amis et admirateurs, et jusqu'au petit réduit attenant où il se réfugiait pour écrire, trahissaient une personnalité, révélaient des goûts, des préférences, racontaient une riche histoire. Le moindre des objets, jusqu'au plus insignifiant, mais encore davantage les œuvres d'art – sculptures ou tableaux –, les photographies, les lettres, les affiches rappelaient que cette habitation était celle d'un artiste, en même temps qu'un homme du monde, un personnage recherché, fêté, récompensé, comme l'attestaient tel diplôme, tel certificat, telle médaille. Cette maison qu'elle découvrait avec respect et émotion devenait, pour Violette, un hymne à la gloire de l'homme qu'elle aimait. À Paris, à Genève où dans les autres villes où il était invité, Jean Aicard était perçu comme un écrivain de talent, un orateur brillant, un causeur délicat. Ici, chez lui, ces qualités se trouvaient comme démultipliées, mais implicites, car, privé du regard des autres, ne cherchant plus à paraître, le poète apparaissait dans sa vérité, celle d'un être supérieur glissé dans l'étoffe d'un paysan de Provence.

Elle se retint de lui sauter au cou pour lui manifester la joie du cadeau qu'il lui faisait. Entraînée vers le vaste parc par un Jean rayonnant comme un enfant devant ses cadeaux de Noël, elle n'en eut pas le temps : la visite continuait. Au-delà d'une barrière de balustres couleur brique, comme un prolongement de l'intérieur, les jonchères de roses, les massifs, les allées, les arbustes, le puits entouré de lauriers, le minuscule étang et les majestueux eucalyptus, les micocouliers foisonnants, les figuiers prêts à donner, les poules en liberté, le chien courant entre les jambes, tout respirait une présence, s'animait de la chaleur de celui qui portait à cet Éden en miniature de l'attention et de l'amour.

– Ce n'est pas rien d'entretenir cette telle propriété, dit Jean en forçant la voix pour dépasser le chant des cigales. Et même si je suis aidé, je dois souvent me retrousser les manches et oublier la plume pour la bêche et le sécateur. Mais la nature est une amie et elle vous paye de vos efforts. Pour moi, c'est ici que je suis le mieux pour écrire.

Le soleil était déjà haut mais la chaleur n'avait rien d'accablant dans ce parc au désordre étudié, au milieu de cette végétation vibrante de fraîcheur et, elle venait de l'entendre, porteuse d'inspiration. La promenade dura longtemps avec des arrêts nombreux, des serrements de main, des bras entrecroisés, quelques baisers furtifs. Tous deux auraient aimer prolonger ce moment de grâce. Un tintement de cloche au portail annonça que Jacqueline était de retour. Il fallait se préparer à l'affrontement.

Jean accueillit sa sœur avec des effusions exagérées, comme pour préparer le terrain avant un combat difficile. Jacqueline se montra heureuse de ces manifestations affectueuses, mais très vite recula de quelques pas en direction du salon quand elle vit, sous la tonnelle, derrière son frère, la silhouette d'une frêle jeune fille au sourire timide qu'elle identifia immédiatement comme l'ennemie. Le mouvement de sa sœur rappela à Jean, féru de littérature et plus encore de théâtre, l'attitude d'Hermione cherchant à éviter le face à face avec Andromaque à la scène IV de l'acte III de la pièce de Racine. Il attendait presque que sa sylphide pose, à l'adresse de sa sœur, la question de la veuve d'Hector : « *Où fuyez-vous, Madame ?* ». Violette n'en avait ni la force ni le courage. Elle resta muette et laissa à Jean le soin des présentations.

– Je t'ai déjà parlé de Mademoiselle Pictet, la fille du professeur Pictet de Genève qui m'a souvent accueilli dans sa ville pour des conférences. Elle vit maintenant à Paris où j'ai eu l'occasion de la revoir. Bien que très jeune, elle aspire à écrire et à faire carrière dans les lettres. Son père me l'a recommandée pour aider ses débuts poétiques. Elle présente de belles dispositions et a déjà donné des textes aux revues.

Le mensonge n'émut pas Madame Lonclas qui se doutait que la protégée de Jean n'en était pas encore au stade des publications. Elle fut polie, sans être chaleureuse :

– Bonjour Mademoiselle. Peut-être avez-vous eu le temps de visiter notre maison ? Elle est sûrement en désordre. Mon frère est tellement distrait. Et absorbé par ses travaux de poète ; il ignore les questions d'intendance, c'est un rêveur. En vérité il faut tout faire à sa place, quand il est là. Car il est souvent absent, demandé partout. Vous êtes de passage ?

En quelques phrases, elle avait tout dit : l'important écrivain Jean Aicard ne peut pas se passer de moi, il a autre chose à faire que de perdre son temps avec une gamine, je suis ici chez moi, et si je tolère quelques visites, je préfère qu'on ne s'attarde pas dans les parages.

Violette, prise au dépourvue devant tant de froideur, bredouilla une réponse confuse, alors que Jean, auprès d'elle, aurait aimé qu'elle retrouvât les mots d'Andromaque refusant de se poser en rivale :

Je ne viens point ici, par de jalouses larmes
Vous envier un cœur qui se rend à vos charmes.

La situation avait quelque chose de comparable au conflit antique, mais en moins dramatique et sans l'enjeu du sacrifice d'un enfant, le malheureux Astyanax menacé d'être tué.

– J'ai proposé à Mademoiselle Pictet de déjeuner avec nous, dit le poète. Elle loge à Carqueiranne, elle passera un moment aux *Lauriers-Roses* et je pourrai la reconduire là-bas dans l'après-midi.

– Si tu as invité Mademoiselle, je vais dire à Marthe de préparer le repas et de mettre le couvert sous la tonnelle. Mais seulement pour deux, car moi je ne mangerai pas. Cette matinée en ville m'a épuisée et j'ai besoin de me reposer. Bon séjour en Provence, Mademoiselle, et bon retour à Paris.

Et elle se retira dans la maison pour ne plus reparaître.

Violette, comme pétrifiée, ne pensa pas à reprendre à son compte la réplique de la malheureuse Andromaque quand, après la fin de non-recevoir d'Hermione, la veuve d'Hector se retrouve seule avec sa confidente Céphise :

Quel mépris la cruelle attache à ses refus ! .

Il lui restait du chemin à parcourir pour apprivoiser la redoutable Madame Lonclas.

7

L'article parut, entre une étude d'Émile Faguet sur Balzac et la monographie d'un attaché militaire prussien à Vienne, dans la livraison du 21 mai 1898, n° 21, Tome IX de *La Revue bleue*, revue politique et littéraire dirigée par Henry Ferrari. Il s'agissait d'un petit texte qu'on pouvait qualifier de « nouvelle » (sans que l'indication générique apparût), assez bref, au titre peu explicite, « Une ombre a passé », et signée d'un nom inconnu des milieux littéraires : LORYANNE. Rien ne permettait de deviner que derrière ce nom de plume se cachait une femme, mais l'assemblage, dans le pseudonyme, des prénoms Laure ou Laurie et Anne semblait trahir le sexe de l'auteur.

Pourquoi Violette avait-elle choisi d'entrer en littérature en tant que Loryanne, Jean ne put jamais le savoir et la jeune femme se refusa à fournir la moindre explication ? Sans doute un secret féminin qu'il ne fallait pas chercher à pénétrer. Il pensa un moment à la ressemblance et à la rime avec Lausanne, hypothèse qui lui parut vite – mais peut-être à tort – manquer de pertinence.

Le poète avait dû jouer de ses relations pour obtenir la parution de cette petite chose élégamment tournée mais sans profondeur ni audace. Ferrari était un ami et ne pouvait rien lui refuser, mais il avait été obligé d'insister, de revenir à la charge, de faire son siège et, finalement, de proposer des compensations : fournir une autre nouvelle de Loryanne et une autre de la main de Jean Aicard, dont le nom faisait vendre. Celui-ci suggérait audacieusement au directeur de rétribuer la débutante, oh ! pas grand-chose, mais pourquoi pas 50 francs, si d'autres contributions devaient suivre.

Le court texte intitulé « Une ombre a passé », divisé en quatre parties, racontait la décision d'une jeune femme, mariée à un homme plus âgé qu'elle, la jolie Berthe Langlée, d'écarter la tentation de l'adultère qui l'avait effleurée quand, la veille, au cours d'un bal dans le monde, un peintre à la mode nommé Sirieux (« et non Sérieux », avait songé en souriant Aicard) lui avait fait une cour assidue, suivie, le jour suivant, de l'envoi d'un télégramme qui annonçait son intention de lui rendre visite à son domicile. Après avoir hésité, elle avait finalement refusé sa porte, et en larmes, s'était réfugiée auprès de son vieux mari, de retour au logis, préférant les doux agréments de la famille aux frissons éphémères d'une galanterie.

Les quelques feuillets composant ce récit, honoré aujourd'hui d'une publication dans une revue estimée aux importants tirages, avaient coûté d'incommensurables efforts à Mademoiselle Pictet dont le talent de narratrice était encore plus limité que celui de poète. Il avait fallu les encouragements répétés de Jeanny, et parfois ses admonestations ou ses menaces, pour que le projet finisse, après de multiples renoncements, reprises, corrections, retouches, par aboutir, ce qui n'aurait jamais eu lieu sans la participation discrète mais déterminante du poète lui-même, lassé des procrastinations et des crises de découragement.

Désormais le texte existait, Loryanne existait, et elle pouvait prétendre au titre de femme de lettres.

Si Jean avait mis tant d'énergie à soutenir la tentative de sa jeune maîtresse c'était parce qu'il y voyait la justification de leur liaison – ne s'était-elle pas rapprochée de lui pour bénéficier de son expérience d'écrivain ? –, une manière de resserrer leur intimité et surtout parce que ce texte un peu fade, cette histoire édifiante avait, à ses yeux, valeur de confidence, d'aveu et de promesse. La Berthe de l'histoire avait rencontré celui qui allait devenir son mari (dont on ignore la spécialité) au sortir de l'adolescence, comme le révélait une phrase : « *Il la traitait en toute petite, et il la raillait un peu de son orgueil de jeunesse.* » Elle est alors âgée de moins de vingt ans, Langlée en a presque cinquante, mais c'est lui qu'elle a choisi, malgré les mises en garde de son entourage et « *parce qu'il avait derrière lui une vie belle dont elle était fière, et devant lui un avenir encore large, un automne plein de prome*sses. » Jean, s'identifiant au vieux mari, s'était senti flatté par les appréciations de l'épouse : « *un homme tel que lui ! si fêté, si choyé, qu'un rien peu distraire.* » Et plus encore dans les éléments de description assez fidèles et des choix proches de leur situation : « *Elle trouvait sa voix vibrante. Son rire si franc, si gai, si loyal [...]. Et tous les beaux jeunes gens autour d'elle, elle n'en voulait pas. Elle le voulait, lui, seulement lui. On la disait trop jeune ? Une enfant encore !* ».

Au moment où l'ombre de la faute traverse l'esprit de la jeune épouse, dix ans ont passé et deux enfants sont nés. Elle est encore séduisante, attirante (« *grande, svelte, fine [...] ses yeux sont bien bleus, ses cheveux très blonds, d'un blond sombre, un peu fauve* »), alors que Monsieur Langlée a la barbe blanche et le pas mal assuré. Mais il inspire confiance. Elle peut se reposer sur lui. En abîme, se lisait leur histoire – sauf pour les deux enfants, que Violette ne désespérait pas de donner un jour à Jeanny. Jusqu'au bellâtre qu'elle refuse qui pourrait rappeler le sinistre Schaffer soufflant dans son cou au théâtre, lui volant un baiser au restaurant, la serrant de près et songeant à la mettre dans son lit.

– Vous pouvez être fière de ce résultat, lui dit le poète alors qu'ils découvraient ensemble, dans le nouvel appartement de Violette, le numéro de la *Revue bleue* qu'il avait apporté. Le travail est toujours récompensé, comme je vous l'ai souvent dit. Et ce n'est qu'un début. Maintenant que vous voici lancée vous allez pouvoir viser plus haut et vous remettre au futur roman : vos lecteurs vous attendent. Je vous donne un an pour sortir de l'anonymat.

La jeune femme, sensible aux compliments de son maître, fut en même temps traversée par un mouvement d'angoisse à la mention de ce projet de roman dont elle avait, un peu imprudemment, et pour lui faire plaisir, parlé à Jeanny. Elle avait déjà le titre, *L'Almée*, dans lequel se reconnaissaient les goûts du moment, un orient chargée de fantasmes, une danseuse sensuelle, une histoire de passion destructrice. Mais elle n'avait pas écrit une ligne et à peine esquissé un canevas. Elle préféra jouer les modestes :

– Mon petit texte d'aujourd'hui n'est pas grand-chose, j'en ai conscience, et il me reste à faire mes preuves. Mais je n'ai pas votre talent, vos facilités, mon Jeanny. Il me faudra du temps pour arriver au bout de *L'Almée* et j'aurai besoin de votre aide, mon ami. Ce n'est pas rien d'écrire un roman !

– Je le sais bien, belle enfant, et j'ai moi-même attendu d'avoir plus de quarante ans pour publier mon premier. Mais vous y arriverez, et vous verrez le bonheur que l'on éprouve à faire naître des personnages, à inventer une intrigue, à décrire un décor. Vous savez combien j'aime les vers, mais la prose romanesque procure d'autres joies, celles du créateur. On est Dieu !

Elle écoutait pensive, incrédule. Ces joies n'étaient pas pour elle, laborieuse apprentie qui avait mis deux ans pour venir à bout d'une nouvelle de trois pages.

Elle se rapprocha de lui dans un élan de tendresse qui remplit d'émotion le poète, incapable, malgré son habituelle éloquence, de trouver les mots adaptés à la situation. Il y eut un long moment de silence et, alors qu'il la tenait serrée contre lui, elle se détacha de son étreinte, prit de la distance et, le regard baissé, d'une voix étouffée de sanglots, prononça une phrase chargée de mystère :

– Je ne suis sûrement pas très douée pour écrire des livres ; peut-être le serais-je plus pour élever un enfant…

– Que veux-tu dire, ma Violette, mon petit lierre adoré ?

– Je ne savais pas trop comment vous l'apprendre…, si vous ne seriez pas fâché… Voilà, c'est dit : vous allez être père.

Aicard sentit le sol vaciller sous ses pieds. Et se trouva incapable de prononcer une parole.

Il avait bien songé, à un moment, au mariage, mais jamais à la paternité. Violette avait même reconnu un jour qu'elle ferait une « mauvaise épouse » et si elle n'avait pas laissé entendre qu'elle pût être une « mauvaise mère », elle n'avait jamais envisagé la perspective de donner naissance à un enfant. Ce qui témoignait, d'une part et de l'autre, d'une étrange légèreté après plusieurs années de liaison.

Cette nouvelle, pour Aicard, arrivait au plus mauvais moment, alors que les démarches en vue d'une nouvelle candidature à l'Académie occupait son esprit – trois fauteuils allaient être à pourvoir –, qu'il mettait la dernière main à de nouveaux livres – un recueil de poèmes, un ouvrage autobiographique et un roman –, qu'il préparait un voyage en Italie, qu'il venait, en changeant de logement, d'essayer de donner une nouvelle orientation à sa vie ; et surtout qu'une possibilité de mariage se dessinait, planifié par Jacqueline qui, après la rencontre aux *Lauriers-Roses* de celle qu'elle appelait « l'intrigante », s'était promis de donner à son frère une compagne officielle plus conforme à son statut de futur académicien.

L'élue était une veuve dans la quarantaine issue d'une illustre famille, Marie-Yolande de Fitz-James, lointaine descendante de Philippe de Habsbourg dit Philippe le Beau. Elle avait été mariée deux fois à des hommes de noble origine, à Paris d'abord, avec Henri de Cassaigne de Beaufort de Miramon, mort en 1887, puis, en secondes noces, avec Georges de Vaulchier qui, à son tour, quittait la vie en 1894, quatre ans à peine après le mariage. Elle avait, de cette union d'où étaient nés deux enfants, hérité de la belle propriété dite « Ferme templière de Bayle », sur la commune de Saint-Antonin du Bayon, au pied de la Montagne Sainte-Victoire, à faible distance d'Aix-en-Provence. En cette ville, elle vivait, l'hiver, dans le magnifique Hôtel d'Oraison, résidence officielle du Duc de Guise quand celui-ci gouvernait la Provence, à quelques dizaines de mètres de la Cathédrale Saint-Sauveur.

Jean Aicard avait été invité à prononcer une conférence dans une belle salle du vieil Aix à l'issue de laquelle, Marie-Yolande était venue s'adresser à lui, comme le faisaient beaucoup de ses admiratrices, pour lui servir une brassée d'éloges et lui remettre un carton d'invitation pour un de ses jeudis où elle pourrait lui présenter ses modestes travaux d'écriture, lui demander la faveur de guider ses timides essais littéraires. Car la vicomtesse de Vaulchier, femme de culture et de goût, s'était décidée, pour distraire sa solitude et oublier ses deuils, à satisfaire une fort ancienne passion pour les lettres. La jeune Violette aussi, quelques années plus tôt, était venue à la rencontre du poète de semblable manière, sauf que le père de l'apprentie poète, le brave professeur Pictet, avait joué les intermédiaires – sans imaginer la suite de la relation.

Comme avec Violette, Jean avait entamé avec Marie-Yolande une correspondance suivie qui préluda à la naissance d'une amitié promise à devenir de plus en plus intime. Cet homme plein de vigueur, à la belle voix chantante, au visage franc sous une barbe bien taillée, à la chevelure abondante et noire où se devinaient quelques filaments gris, cet écrivain célèbre à l'écriture facile et élégante, dont le nom figurait sur la couverture d'une vingtaine de livres, dont les pièces se jouaient dans les théâtres parisiens avait fait, sur la piquante veuve, une impression très favorable, suffisante pour l'inciter à quitter l'univers compassé des salons aristocratiques pour le décor plein de fantaisie des cabarets d'artistes.

La vicomtesse de Vaulchier, que le poète fut vite autorisé à appeler familièrement Yol, lui transmettait ses écrits dans des lettres qui s'achevaient par de chaleureuses salutations où il était question d'une « *grande infinie tendresse* ». Elle consentit même à faire le déplacement de La Garde où Jacqueline, dont le défunt mari avait connu le regretté colonel de Beaumont de Miramon, muée en prévenante marieuse, avait organisé, aux *Lauriers-Roses*, un dîner avec, pour sauver les apparences, plusieurs invités, dont Élisabeth et François Armagnin et Monsieur Bourgarel, substitut au tribunal d'Aix, accompagné de son épouse. On avait, après le repas, fait de la musique et Jean, encouragé par sa sœur et par son ami et disciple François, avait déclamé des vers qui avaient fait naître, chez la belle veuve, venue avec sa sœur cadette, un mouvement de trouble. Mais les choses en étaient restées là, Marie-Yolande, peu pressée, après ses premières expériences, de convoler à nouveau, le poète pas certain d'être prêt à prendre épouse, un peu par inappétence conjugale, plus encore par manque de disponibilité amoureuse. La comparaison entre la beauté juvénile de sa sylphide et les charmes légèrement surannés de la vicomtesse ne l'engageait guère à précipiter les choses. Les regards palpitants de la veuve aixoise ne pouvant rivaliser avec les ardentes caresses de la turbulente fillette de Genève.

Les promis s'étaient toutefois revus. Jean, pour ne pas indisposer sa sœur, ayant accepté, sans réel enthousiasme, d'entamer un brin de cour, faisant plusieurs fois le voyage d'Aix ou de Saint-Antonin, les bras chargés de livres dédicacés. Et quand Yol était venue opportunément à Paris pour rendre visite à de lointains parents, il lui avait proposé d'assister à une répétition de son *Othello* à la Comédie-Française, avec Mounet-Sully dans le rôle-titre, séance qui avait conféré au prétendant non déclaré un surcroît de prestige. Impressionnée par la force poétique des vers, elle avait, des larmes dans la voix, exprimé son admiration au poète qui, quoique peu enclin à la vanité, avait frémi de plaisir. Il en aurait presque oublié Violette.

La sylphide occupait toujours une place majeure dans son cœur et dans sa vie, bien qu'il eût conscience que rien de sérieux ni de définitif pût se construire avec elle. Trop légère, trop versatile, trop capricieuse. Passant, en un instant, de l'extrême gaîté à une morosité sans cause ; lui promettant de l'aimer toujours, puis exposant froidement des théories en faveur d'une rupture. Ces variations d'humeur, ces foucades, ces « saccades de caractère » (une expression à lui) avaient leur charme, celui de la surprise, de l'imprévu, mais elles finissaient par lasser.

Elle qui se proposait, à espaces réguliers, de le quitter (idée qui le jetait dans le plus profond désespoir) était capable, en même temps de lui apporter de vibrantes preuves d'amour. Comme sa conversion au catholicisme qu'elle accomplit en cachette, sans rien lui demander, et qui pouvait avoir valeur de préalable à un futur mariage, Jeanny lui ayant révélé que Madame Lonclas ne le laisserait jamais épouser une protestante. Le sacrifice représenté par l'abandon de sa religion avait toutefois largement perdu de son prix quand Jean apprit que les trois filles Pictet s'étaient converties ensemble, choix qui devenait dès lors un simple calcul familial.

Autre décision importante, celle de se détacher de ses parents, sans pour autant révéler sa liaison, et de quitter l'appartement de la rue Abbé-de-l'Épée, premier acte dans l'entreprise de reconquête de sa liberté. Il l'avait pourtant dissuadé « *Une jeune fille a* toujours tort *de quitter la maison de famille* » écrivait-il dans une lettre postée de Toulon. Avec deux mots soulignés. Refusant les conseils, seule, sans l'aide de personne, même pas de ses sœurs, elle s'était mise en quête d'un nouveau logement qui devait, condition prioritaire, ne pas être trop éloigné de celui du poète : « Si je suis trop loin de vous, lui avait-elle dit, ça n'aurait pas de sens. » Or Jeanny, à l'étroit rue Michelet, venait d'emménager au 40 de la rue du Luxembourg, dans le 6e arrondissement, en bordure du jardin. Violette avait passé plusieurs jours à rechercher une location décente du côté de la place Denfert, du Panthéon, de la rue Claude-Bernard ou de la rue de Rennes sans réel succès. Elle avait finalement trouvé ce qu'elle souhaitait rue Saint-Sulpice, face à l'église, un appartement au cinquième étage, en plein midi, propre et bien disposé, composé de trois chambres, d'un cabinet de toilette et d'une cuisine. Le loyer était de 850 francs, net de charges, un peu élevé pour sa bourse (la moitié de la rente que lui versait son père) mais c'était le prix de l'indépendance. Et, en traversant le jardin, elle se trouvait à moins de dix minutes de chez son amant. Une des chambres, celle qui donnait sur les deux tours de l'église, pouvant servir de bureau, elle imaginait une vie à deux avec l'écrivain à sa table, et même à trois, le futur bébé dormant dans la troisième chambre.

Et c'est précisément là, dans cet appartement encore à moitié vide appelé à se transformer en demeure bourgeoise, qu'elle avait voulu lui apprendre la nouvelle de la future naissance. Il avait du mal à croire qu'il s'agissait d'une simple coïncidence. Plutôt un plan finement élaboré.

Il lui faut parler, répondre. Il ne sait pas trop comment s'y prendre, comment réagir à une situation inattendue qui annonce un bouleversement brutal dans sa vie. Faute de solution, il prononce sans réfléchir une phrase empruntée à un récent article qui lui paraît de nature à gagner du temps :

– Toute la vie humaine est une recherche, une tendance à monter, une aspiration servie par des forces inégales. La vertu c'est l'effort, même chez les coupables, – mais l'effort soutenu.

Violette est décontenancée. Elle attendait un éclat ou une effusion, des questions, des raisonnements, des propositions. On lui sert des généralités sibyllines. Elle va, calmement, revenir au sujet :

– Que voulez-vous dire mon Jeanny ? Il s'agit d'un enfant à naître. Les médecins ont parlé du mois de décembre. Il me semble que vous êtes contrarié, que vous ne vous attendiez pas à devenir père. Je vous prie de m'excuser : je ne voulais pas vous mettre dans l'embarras. Rassurez-vous, cet enfant que je porte ne vous fera pas d'ombre. Je me sens capable d'assurer seule son éducation car il fait de moi, en même temps qu'une mère, une vraie femme, autonome, libre, heureuse. Je peux me passer de vous s'il vous gêne dans l'organisation de votre vie, dans la construction de votre œuvre. Vous pouvez même ne pas le reconnaître. Il s'appellera Pictet, un joli nom.

Peut-être involontairement elle vient de toucher juste. Jean Aicard est né, pour l'état-civil, de mère inconnue. Va-t-il favoriser l'arrivée d'un enfant déclaré de père inconnu ? Il se ressaisit, comme revenu à la réalité :

– Ma chère enfant, ma chère femme, mon petit lierre adoré, vous venez de me faire le plus magnifique cadeau que je pouvais espérer. Les livres ne suffisent pas à remplir une vie. La réussite, les honneurs ne comptent pour rien à côté du sentiment, du plus beau des sentiments, l'amour. Et cet enfant est l'enfant de l'amour. L'amour est le plus important de la vie, l'amour honnête, créant la famille, assurant l'ordre des sociétés, c'est-à-dire de l'humanité liguée contre les forces aveugles de la vie.

Cette réaction, longue à venir, manque de sincérité. Violette croit percevoir une sorte d'affectation littéraire, des phrases convenues sorties d'un roman. Un roman déjà écrit ou à écrire. Quand, cet homme plein de bonté, est-il réellement vrai, et non un assembleur de mots ? À quel moment derrière l'écrivain apparaît l'homme ?

Jean, qui a vu passer le voile du doute sur le visage de Violette, croit devoir changer de registre. Il devient câlin, paternel, protecteur :

— Et d'abord, Violette chérie, il va falloir te reposer, abandonner tes promenades à cheval, tes courses à bicyclettes, tes longues marches dans Paris. Ensuite, je veux que cet enfant, mon fils (il avait déjà décidé du sexe), qui portera mon nom, verra le jour près de chez moi, en Provence, comme tous les Aicard. Nous trouverons l'endroit proche de La Garde, puisque pour l'instant ma maison t'est interdite. Il se peut d'ailleurs que Madame Lonclas revienne à de meilleurs sentiments. Elle aime les enfants, et la vie ne lui a pas donné le bonheur d'en avoir.

— Je ne suis pas certaine que Madame Lonclas se réjouisse de vous voir devenir père. Marie-Yolande non plus, d'ailleurs.

Le poète a pâli. Il avait eu l'imprudence de citer dans une lettre le nom de Madame de Vaulchier, la présentant comme une simple lectrice un peu plus empressée que les autres et évoquant, pour susciter la jalousie de Violette, un amusant début de « *fleurt* » (il écrivait ainsi le mot anglais désignant le badinage). Après un temps de silence, et avec une gravité peu coutumière, il lui fallut promettre que cette aventure n'aurait pas de suite et qu'il écartait toute velléité nuptiale.

— Tu me donnes aujourd'hui un enfant. Tu es la seule qui compte pour moi. Tu es ma femme. Que m'importe Marie-Yolande, c'est toi que j'aime.

Alors Violette, comme la Berthe Langlée de la nouvelle intitulée « Une ombre a passé » dont elle était l'auteur « *enveloppe son mari tout entier de ses bras aimants, et, dans un élan de reconnaissance et d'amour, elle lui murmure près du visage les paroles passionnées des premiers jours* ».

8

L'enfant naquit à Carqueiranne le 11 décembre 1898, peu avant l'entrée dans l'hiver, et reçut, outre ceux de Michel et Raymond, le prénom principal de *Jacques*, celui que portait le grand-père du poète, cet homme généreux qui, avant sa ruine, exerçait la profession de « baigneur » à Toulon, rue de l'Ordonnance. L'acte officiel le déclare fils de Jean François Victor Aicard, né à Toulon, homme de lettres, âgé de 50 ans, et de Marie Violette Pictet, 21 ans, née à Genève, sans profession, domiciliée à Paris. Deux témoins ont signé le registre : Alexandre Vigourel, 50 ans, pharmacien à Bormes, et Louis Gaidan, 50 ans, artiste peintre résidant à Nîmes.

L'ancrage provençal du descendant mâle était ainsi assuré. Les deux témoins étaient des amis personnels du poète, Vigourel, maire de la commune de Bormes où Aicard était souvent invité, et Gaidan, ancien condisciple du lycée de Nîmes où il avait fait une partie de ses études. Carqueiranne, ce petit port tranquille aux environs de Toulon, devait rappeler les radieuses journées d'un précédent été où le couple s'était trouvé réuni loin de la grisaille parisienne, et cette naissance varoise suffirait à faire du petit Jacques un vrai méridional, tel que l'avait rêvé Jeanny. La future mère, pour un séjour appelé à durer, n'était pas descendue à l'hôtel *Beaurivage*, mais avait loué la jolie maison du quartier Val Vert qui s'était libérée et qui pouvait satisfaire aux exigences de la maternité et du pouponnage.

La température est anormalement douce pour la saison et si les fleurs sont à peu près absentes, hormis celles de quelques tenaces bougainvilliers aux couleurs criardes, si les feuilles s'amoncellent dans les chemins et au pied des arbres, l'air léger et les rayons tièdes d'un soleil voilé invitent à sortir pour une promenade du côté des molles collines avoisinantes ou, mieux encore, vers le bord de mer où de rares pointus paressent en attendant d'hypothétiques parties de pêche. C'est là, aux Salettes, que la jeune accouchée aimerait habiter et élever son enfant, face au large, bercée par le bruit des vagues et grisée par l'acre parfum des embruns.

Jean, en mari attentionné, fit tout pour complaire au désir de la mère et au confort du bébé. Après de longues journées de recherche il réussit à trouver le logement idéal en bordure de mer, une villa de quatre pièces que consentit à lui louer Madame Héry pour 60 francs par mois. Le montant de deux mois fut versé d'avance et Violette, accompagnée de son fils âgé d'à peine quinze jours, aménagèrent le 28 décembre dans la « Villa Henriette » que le poète rebaptisa immédiatement « Villa Violette ». Une voisine, femme de pêcheur, aiderait à l'intendance et pourrait, à l'occasion, servir de nourrice.

L'empressement mis par Jean à satisfaire sa maîtresse n'avait rien de désintéressé. Contraint, pour des raisons professionnelles, de rentrer à Paris aux premiers jours de la nouvelle année, il avait à cœur d'offrir à Violette l'environnement le plus favorable à sa nouvelle vie d'où il entendait non pas se retirer, mais se tenir à distance. Car depuis le début, l'arrivée de cet enfant suscitait en lui des sentiments contrastés voire contradictoires, le faisant passer d'une fierté de patriarche latin à un désarroi d'adolescent immature, d'une euphorie de vainqueur à un accablement de condamné. Lui qui avait dès ses premiers vers (par exemple dans le recueil de jeunesse intitulé *La Chanson de l'enfant* puis dans *Le Livre des petits*) célébré les vertus de l'enfance, qui avait chanté la gloire de la mère, exalté le mythe des berceaux (ces « *Nacelles venus du fond de l'azur* » comme il l'écrivait), lui le vieux célibataire ne cessant de revenir sur son enfance volée, se trouvait dépourvu face au petit être auquel il venait de donner la vie.

Le hasard voulut que, alors même qu'il devenait père, il allait faire paraître chez Ernest Flammarion un nouveau livre d'inspiration autobiographique dont le titre s'accordait à la situation du moment, *L'Âme d'un enfant*. Il y racontait, en habillant de romanesque des souvenirs personnels, la triste éducation d'un enfant sans mère, le petit Raymond Martel, contraint par son père remarié à une belle indifférente, de quitter le foyer toulonnais pour passer dix années dans le rigide pensionnat d'une sombre ville provinciale éloignée de la mer.

Il avait consenti, à sa demande, à lire à Violette de longs passages du manuscrit et s'était montré surpris par ses commentaires :

– Vous avez donc travesti la vérité : au lieu de priver de père le jeune Raymond, comme ce fut le cas pour vous, vous le faites orphelin de mère. Ceci pour égarer le lecteur ? Ou parce que vous vouliez, vous dont le père disparut l'année de vos cinq ans, vous inventer un père fictif ? Il est d'ailleurs bien falot, ce monsieur Martel, musicien raté et mari soumis. En somme, vous remplacez un père inexistant par un personnage sans affection ni autorité. Votre rapport à la paternité n'est pas clair, cher Jeanny… Mais je vous taquine car le livre est très beau …

Il n'avait rien trouvé à répondre, feignant de s'en tenir à la taquinerie d'une amoureuse. Mais elle avait insisté :

– Et cette phrase : « *Les pères ne savent pas coudre et ne savent pas bercer* », que veut-elle dire pour vous ? Que la fonction de père s'arrête à rapporter l'argent du ménage ?

Pour se tirer d'embarras, il avait opposé à cette formule, sortie du contexte, une autre citation qui devait balayer le reproche : « *Ah ! si la joie m'était donnée de voir un fils rafraichir ma vie déjà lasse, la prolonger vers l'inconnu futur ... »*.

Aujourd'hui, en présence du petit Jacques dormant paisiblement dans son berceau, il se rappelait cette conversation et en venait à s'interroger sur son aptitude à être père. Violette avait souvent mis en doute sa capacité à assumer ce rôle, et même celui de mari, fonctions qu'elle trouvait peu compatibles avec le statut de poète. « Regardez vos amis Verlaine, Rimbaud, Richepin, Germain Nouveau et tant d'autres, demandait-elle, font-ils de bons époux ou de bons pères ? ». Secrètement, il lui avait donné raison. Son œuvre était prioritaire, ce que la fine Violette comprit bien quand, s'approchant du bébé et de sa mère, il rappela avec embarras ses obligations parisiennes et son prochain départ :

– Tu sais bien, très chère enfant, que je voudrais ne jamais vous quitter, toi et notre petit Jacques. Mais je me dois de revoir mon éditeur pour ce nouveau livre, *L'Âme d'un enfant*, que tu connais et que tu as aimé. Il me faut récupérer les épreuves, relire, tout vérifier... Si je ne suis pas sur place, la sortie risque d'être compromise. Je l'espère pour février, ou mars au plus tard. Flammarion est tellement négligent ! Et si peu pressé de me verser ce qu'il me doit. Je dois aussi relancer Blavet qui ne m'a toujours pas payé mes articles du *Petit Bleu.* Je ne suis pas un homme d'argent, tu le sais, mais il me faut désormais pourvoir aux besoins de notre petite famille. Et je veux que tu ne manques de rien, même si je ne suis pas riche. Jamais je n'ai tant regretté de n'avoir pas un petit pécule derrière moi, pour t'offrir, outre le nécessaire, ce qu'on appelle le superflu. Mais cela ne changerait rien à mon amour qui est immense. Je ne m'attarderai pas à Paris, crois-le bien ; je serai vite de retour pour retrouver ma petite femme et mon petit Aicard. Et je vous écrirai, tous les jours, c'est promis.

La promesse des lettres fut scrupuleusement tenue. Pour un habitué de la plume, ces correspondances régulières ne coûtaient guère d'effort. Ce fut d'abord un télégramme, puis des lettres quotidiennes, remplies de mots d'amour et de raisonnements profonds : « *Mon enfant chéri, mon moineau, je ne pense plus qu'au moment où je serai près de vous... Comme ce sera doux, charmant et délicieux... Nous sommes pour le moment sortis l'un et l'autre des exaltations et me voici aux prises avec une vision nette des choses. Sur ce grand sujet de votre avenir, je crois que nos conversations feraient mieux que toutes les lettres ...* ».

Ces belles paroles déversées avec l'éloquence d'un professionnel du verbe ne suffirent pas à combler le vide de l'absence. Violette, isolée dans l'agréable décor de la « Villa Henriette », absorbée par les soins à donner à son enfant, crut comprendre en lisant entre les lignes que son Jeanny, entouré d'admiratrices, repris par sa vie d'homme célèbre, n'était guère pressé de venir la retrouver à Carqueiranne et encore moins d'embrasser son fils. Elle avait aussi du mal à accepter de sa part l'accusation de froideur et plus encore des allusions à valeur de soupçons, des manifestations de jalousie que rien ne pouvait justifier. Dans une lettre datée du 22 janvier 1899, adressée (comme il avait été convenu pour préserver le secret de la liaison) à Monsieur Jules Clément, 3 rue Bara, Paris, et à remettre à Monsieur Jean Aicard, elle répondit aux reproches de son amant tout en laissant deviner son ressentiment et entrevoir l'idée d'une rupture :

« Merci, mon cher Jean, pour vos lettres.

Vous vous plaignez que je ne suis pas ouverte avec vous, mais que voulez-vous, vous n'êtes pas tombé sur une femme bavarde. Je le regrette, mais je ne peux pas être plus communicative. Je vous aime de tout mon cœur, je vous ai donné tout ce j'avais à donner, mais cela ne vous suffit pas ; je constate que là est mon impuissance à vous rendre heureux. La vie m'a été meilleure mille fois plus que je l'espérais, les marques de sympathie et d'amitié que vous m'avez offertes m'ont été infiniment douces et précieuses. Je vous aime assez pour vouloir faire votre bonheur, et si je n'y suis pas parvenu, tant pis. Peut-être vous faut-il trouver une autre femme puisque je suis impropre à combler vos attentes. Soyez heureux avec elle, je ne demande pas mieux. Moi j'élèverai votre enfant, vous le verrez quand vous voudrez, rien ne sera changé. Et pour moi, dans ma solitude, il me tiendra lieu de tout. J'espère ardemment que plus tard il donne à son père toutes les satisfactions possibles. Je suis seule, loin de tout, vous ne pouvez me soupçonner de vous cacher quelque chose de ma vie. Alors que vous ... Je souhaite que vous trouviez la femme de vos rêves et que vous l'épousiez, selon le vœu de Madame Lonclas qui ne m'a jamais acceptée. Ne croyez pas, je vous en conjure, que ceci soit un motif de querelle ou de regret ; bien au contraire, je ne désire rien de plus que votre bonheur. Tâchez donc d'être heureux, et si vous réussissez, j'en serai la première heureuse.

Je vous embrasse très tendrement, Violette.

Cette lettre ajouta au désordre dans lequel était plongé le poète depuis son arrivée à Paris. En le rappelant à ses devoirs de père, elle faisait naître en lui un encombrant sentiment de culpabilité dont il cherchait à se défaire par la mise en doute de la fidélité de Violette. En l'encourageant à se marier avec une autre femme, elle augmentait ses doutes. Car des amis bien intentionnés ainsi que sa sœur, à qui il avait bien été contraint de parler de l'enfant, s'étaient étonné de cette naissance, Jacqueline évoquant un sournois « chantage à la paternité », fréquent chez les « intrigantes » à l'affut d'un mariage avantageux.

– Es-tu bien sûr d'être le père ? interrogea-t-elle avec une brutalité qui déplut à Jean. Curieuse coïncidence, cette nouvelle survient au moment même où tu as rencontré Madame de Vaulchier et pensé à l'épouser. Oublie ta petite dévergondée et intéresse-toi davantage à la vicomtesse.

Aicard, cœur noble, naturellement bon et bienveillant sentit, pour la première fois de sa vie, les atteintes du venin de la jalousie, un sentiment qu'il avait rencontré de façon abstraite en écrivant son *Othello*. Il se sentait proche du More de Venise et croyait reconnaitre en Jacqueline un possible Iago. Il se refusait pourtant à croire à la trahison de sa sylphide, mais ses promesses d'amour, ses incessantes relances (dans des lettres aussi ambiguës que celle du 22 décembre), sa froide proposition d'une rupture afin de reprendre sa liberté ne plaidaient guère en sa faveur. Lui revenaient en mémoire l'aventure avec Schaffer le musicien, ou les complaisances de la jeune femme envers d'autres gandins cherchant à la séduire. Il s'interrogeait sur la validité d'une liaison entre un homme de plus de cinquante ans et une gamine qui pouvait être sa fille. Il réinterprétait la nouvelle signée Loryanne, « Une ombre a passé », qui évoquait clairement la délicieuse tentation de l'adultère et dont la fin moralisante pouvait n'être qu'un leurre destiné à égarer les soupçons.

Dans cet état d'incertitude et de surexcitation, il ne se sentit pas le courage de rentrer à Carqueiranne pour s'expliquer avec Violette. Il aurait été injuste, maladroit. Mieux valait s'en tenir aux lettres, à ces « *belles paroles* » qui irritaient sa maîtresse car elle les jugeait vaines. Mieux valait retarder la confrontation et prendre ses distances. On le réclamait en Italie où il ne s'était plus rendu depuis trois ans. L'occasion était trop belle. Sans faire le détour prévu par le Var, il prit le train pour Venise.

Entre Jean Aicard et l'Italie s'était tissée une véritable histoire d'amour. Le pays de Dante était le premier qu'il avait visité, celui où il s'était rendu le plus souvent, plus encore que la Suisse, un pays dont il parlait la langue (apprise sur le terrain), une véritable seconde patrie qui complétait la première grâce à son œuvre civilisatrice, comme le suggérait un vers à valeur d'hommage peu apprécié de ses compatriotes : « *Je ne me veux Gaulois que vaincu par les aigles* ». Ce Latin de Provence, membre actif de la Ligue franco-italienne, se trouvait chez lui de l'autre côté des Alpes où on l'appelait *Giovanni* Aicard, où on lisait ses livres, jouait ses pièces. En particulier le drame en vers *Le Père Lebonnard*, devenu ici *Papà Lebonnard*, dans lequel le flamboyant Ermete Novelli se taillait le plus franc des succès. Le comédien et metteur en scène, natif de Lucques, préparait précisément pour ce mois de mai, dans la cité des Doges, une nouvelle représentation de la pièce. La présence de l'auteur ne pouvait qu'ajouter à l'éclat de la séance.

Ce voyage vers le pays de son cœur en rappelait d'autres au poète, un tout récent et trop bref, en compagnie de Violette, à San Remo, aux confins de la France, à l'occasion de la visite officielle du tsar Nicolas II et de l'impératrice Alexandra. Les amoureux étaient descendus à l'hôtel *Sorriso* (« Sourire », déjà un programme) et, délaissant les festivités bruyantes, avaient préféré flâner sur le *corso* pavé de marbre et planté de palmiers en bordure de mer ; ils avaient grimpé jusqu'au *Santuario Madonna della Costa*, au sommet de la Pigna, pour se recueillir en formant des vœux pour la durée de leur amour. Moments intenses d'un bonheur aujourd'hui envolé.

D'autres souvenirs, plus lointains, affleurent : à Florence, en 1875, pour célébrer le quatre-centième anniversaire de la naissance de Michel-Ange, à Venise l'année précédente accompagné de Jacqueline qui lui servait plus de mère que de guide, elle-même ignorant tout de l'Italie, de sa langue et de sa culture. À Rome, à Milan, en Piémont, partout la splendeur : « *Ô terre des chefs d'œuvre, immortelle Italie* ».

Pour le voyage actuel, le poète, qui redoute le retour en France et les explications avec Violette, a décidé de prendre son temps, de répondre aux sollicitations de ses amis et pairs. Après une quinzaine de jours passés dans la Sérénissime, il se trouve à Rome où un dîner est organisé en son honneur par le quotidien *Il Signor publico* en présence du poète Carducci, puis une audience accordée par la S.M. la reine Marguerite, enfin une messe célébrée par le pape Léon XIII dans la *cappella Paolina* du Vatican. En juillet, il est à Florence pour revoir les tombes médicéennes de Michel-Ange auxquelles il a consacré plusieurs poèmes. Puis Naples et Pompéi, à nouveau

Florence, Sienne, Lucques, à l'invitation de son ami Novelli, et, vers le 15 août, retour à Toulon, La Garde et Carqueiranne.

Ces trois mois passés hors de France lui avaient rendu une forme de sérénité et même d'optimisme. Il avait envoyé quelques lettres, mais le courrier venant de l'étranger étant incertain, il avait saisi ce prétexte pour réduire sa fureur épistolaire, et revenait comme détaché des préoccupations personnelles. Il serait certes heureux de revoir le petit Jacques et sa mère, mais comme le serait un ami de passage accomplissant une visite de courtoisie. Car il avait du mal à endosser les habits de père et même d'époux. Les baisers, les caresses de Violette lui avaient souvent manqué, cherchant des consolations dans les bras de belles italiennes peu farouches et sensibles au charme de ce beau parleur grisonnant à la taille bien prise. Il aimerait à nouveau la serrer contre lui, partager avec elle d'intenses moments de volupté, mais quelque chose semblait cassé. La tendre sylphide n'était plus qu'une pâle dispensatrice de plaisir. Et la « fille aînée de ses illusions » qu'une allusion littéraire.

Quant à l'idée du mariage, avec une vicomtesse, une baronne ou une marquise – ou même une concierge ou une fillette de Genève, elle était définitivement écartée. Une belle Italienne, prénommée Giuliana et apparentée à l'illustre famille des Colonna, s'était même mise sur les rangs en mentionnant avec insistance son amour de la poésie et des poètes. Ce n'était pas à son âge, alors que son œuvre commençait à rayonner, que les portes de l'Académie française s'entrouvraient, qu'il allait se lancer dans une aventure conjugale qui lui apporterait plus de contraintes que de satisfactions. L'indépendance était un bien précieux qu'il n'avait pas l'intention d'aliéner.

Il avait prévu de passer la fin de l'été aux *Lauriers-Roses* d'où il pourrait, à bicyclette ou avec sa petite calèche, se rendre facilement à Carqueiranne pour y retrouver Violette et son fils.

Jacqueline l'accueillit sur la terrasse avec des manifestations de joie rares chez sa sœur, d'un naturel plutôt distant :

– Mon petit Jean, comme tu m'as manqué ! Pourquoi être resté si longtemps là-bas ? Pourquoi si peu de lettres ? Mais tu es là, enfin, ta chambre est prête, et Marthe t'a préparé une surprise pour le repas. Tu dois être épuisé après un tel voyage. L'air de La Garde va te faire du bien et te permettre de te reposer. Ton courrier est sur le bureau, un vrai courrier de ministre ! Et j'ai reconnu une lettre postée d'Aix avec l'écriture de Madame de Vaulchier. Sans doute es-tu attendu à Saint-Antonin pour parler de *L'Âme d'un enfant*. Tout le monde dit du bien de ce livre, un de tes plus réussi.

À Carqueiranne, le lendemain, Violette se montra beaucoup plus froide :

– Vous auriez pu m'écrire plus souvent, prendre des nouvelles de notre enfant qui, malgré votre absence, a bien profité. Vous auriez pu aussi m'envoyer un peu d'argent ; il a fallu que je demande à Armagnin de me faire une avance. Vous avez là un brave ami. Il est venu régulièrement me tenir compagnie.

– Je sais que je peux compter sur François ; je lui avais demandé de veiller sur toi. Mais désormais je suis là. Tout va rentrer dans l'ordre. J'ai beaucoup pensé à toi, mon petit lierre, et à notre Jack qui commence à me ressembler. Crois-tu qu'il va bientôt commencer à parler pour dire « papa » ?

– Il faudra encore un peu de temps, et les enfants disent en premier « maman ». C'est vrai qu'il tient de vous, il a les yeux gris et les cheveux noirs, et dès qu'il est réveillé il veut qu'on s'occupe de lui, et si on le quitte des yeux, il s'agite et se met à pleurer. C'est bien vous, n'est-ce pas ? Mais Jean, parlons sérieusement : je vais rentrer à Paris. Je me sens capable d'élever notre enfant, toute seule. Vous, votre vie est ailleurs. Madame Lonclas est venue me voir pour m'expliquer que vous aviez promis le mariage à cette dame d'Aix. Elle m'a proposé de me verser une pension pour l'enfant. J'ai refusé, naturellement, mais j'ai compris que je suis une gêne, et Jacques aussi. Ne protestez pas ! Depuis sa naissance vous avez passé à peine quelques heures auprès de notre enfant. Vous écrivez des livres pour regretter le manque d'affection de certains parents et vous n'êtes pas capable de donner de l'amour à votre propre fils. Vous, les écrivains, vous n'êtes pas dans la vraie vie. Vous savez inventer des histoires mais vous ignorez les exigences de la réalité. Même votre amour me paraît copié sur celui des romans. Moi, je ne suis pas un personnage de roman. Je suis un être vivant. Et j'ai besoin qu'on me considère comme une personne, non comme un jouet. Adieu Jean, ne répliquez pas, épargnez-moi vos belles paroles. Ou gardez-les pour vos livres. Je vous donnerai régulièrement des nouvelles de votre fils. C'est tout ce que je peux faire.

Le poète ne se sentit pas le courage de répliquer. Sans un mot, il se détourna et se dirigea vers la fenêtre ouverte sur le port, la presqu'île de Giens et, au loin, les collines brumeuses de Porquerolles. Il ne souhaitait pas qu'on le vît pleurer.

9

Le siècle touchait à son terme. Un siècle de bruit et de fureur qui avait vu se produire des révolutions, des guerres, se former des empires au destin éphémère, se clore des monarchies essoufflées, naître des républiques qui devaient offrir aux jeunes générations un avenir de liberté et de bonheur. Le nouveau siècle, le vingtième, serait celui de la technique triomphante, de la modernité, un siècle capable de mettre fin aux misères et aux injustices, d'amorcer une ère durable de fraternité et de paix. Les préparatifs de l'Exposition Universelle qui devaient ouvrir au public en avril bouleversaient Paris tout en créant un climat d'euphorie, une émulation en matière de créativité, une agitation artistique annonciatrice d'un total renouveau.

Le poète empreint, dès sa jeunesse, d'un idéalisme laïc teinté de spiritualité, animé d'une pitié généreuse, croyait sincèrement à des lendemains prometteurs, même si les soubresauts liés à la récente affaire Dreyfus venaient tempérer ses espérances. Il s'était placé immédiatement du côté de l'officier juif dont l'innocence lui paraissait évidente, et il avait sans réserve soutenu son ami Émile Zola, quand, le 13 janvier 1898, l'écrivain avait, dans le journal *L'Aurore*, adressé sa lettre ouverte au président de la République, le fameux « J'accuse … » qui avait déclenché les passions. L'auteur des *Rougon-Macquart*, avec lequel Aicard s'était trouvé un temps en compétition pour un fauteuil sous la Coupole, qu'il admirait, sans souscrire à ses théories naturalistes, venait, après son procès aux assises, sa condamnation et son exil à Londres, d'être autorisé à rentrer en France, mais son courageux engagement lui avait définitivement fermé les portes de l'Académie et le préparait à une vie d'inconfort et de danger.

Le poète, quant à lui, n'avait pas renoncé à son ambition de siéger quai Conti. Le 15 février 1900, une élection destinée à pourvoir deux fauteuils vacants vit s'affronter une dizaine de candidats, dont Jean Aicard qui, pour le fauteuil n°3 comme pour le fauteuil n° 12, n'obtint aucune voix, faisant moins bien que lors de ses précédentes tentatives. Le résultat le laissa amer. Il se consola en reconnaissant que les deux élus, Émile Faguet et Paul Hervieu, méritaient largement de rejoindre les « Immortels », et, réconforté par son ami Pierre Loti qui le soutenait dans l'entreprise, il se dit que son tour finirait bien par arriver.

Le capitaine de vaisseau Julien Viaud, Pierre Loti en littérature, était académicien depuis près de dix ans et s'activait au mieux pour promouvoir son confrère varois qu'il avait, depuis sa récente mise à la retraite, l'occasion de voir plus souvent. Il avait fait le voyage des *Lauriers-Roses* pour un court séjour en Provence, et Jean, qui l'avait, depuis longtemps, tenu informé de son aventure avec Violette, lui avait révélé la naissance de Jacques et fait part de son embarras pour assumer son rôle de père et répondre aux attentes de sa maîtresse. L'auteur d'*Aziyiadé*, dont la vie sentimentale était elle-même assez agitée, avait balayé ses scrupules :

– Ne te complique pas avec cette histoire, mon bon Jean ! Contente-toi de verser une pension – pas trop importante – à ta petite Genevoise afin qu'elle ait de quoi élever l'enfant, et oublie-la, organise ta vie comme tu l'entends. Les femmes ne manquent pas, et j'en connais plus d'une qui serait ravie de la remplacer. Ta vicomtesse d'Aix-en-Provence, par exemple. Elle est moins jeune que Violette, certes, mais elle te serait d'une aide précieuse pour ta carrière, et même pour l'Académie où elle connaît sûrement du monde.

Aicard n'est pas un calculateur, ni un arriviste, malgré une soif de reconnaissance commune à tous les artistes. Il se voit mal, tel un Bel-ami, jouer les séducteurs pour gagner en notoriété et avancer socialement. Sa morale, son intégrité, lui interdisent de tels compromis. Curieusement, les arguments de son ami Loti rejoignent ceux de sa demi-sœur Jacqueline : Violette serait une intrigante et sa meilleure sortie serait à chercher du côté de Marie-Yolande de Vaulchier née de Fitz-James.

La riche veuve l'avait invité dans sa bastide de Saint-Antonin du Bayon, pour bavarder « en amis », puis dans son hôtel d'Aix, pour l'entendre parler, devant un auditoire choisi, de son dernier roman à tendance autobiographique, *L'Âme d'un enfant*, et lire des poèmes inédits inspirés par l'Italie où il avait passé plusieurs mois. La Ligue franco-italienne, bien représentée dans cette ville du sud, attendait avec impatience cet hommage à la « petite sœur latine ». Le poète fut brillant, comme à son habitude, tenant le public sous le charme de sa belle voix et de sa gestuelle expressive. Il fut applaudi chaleureusement, et Yolande lui adressa des regards reconnaissants. Puis une invitation en règle :

– Restez passer la nuit ici, très cher ami. La route est longue pour rentrer à Toulon et rien ne vous presse. Vous pouvez même séjourner quelques jours avec nous, la maison est grande. Vous savez qu'on vous apprécie, et pas seulement pour vos talents de poète. Je me sens si seule par moments…

Il n'aurait eu qu'un mot à dire. La gloire mondaine et la fortune lui étaient clairement offertes. La fin d'une vie incertaine de saltimbanque parmi les « *faiseurs de vers, ces vauriens, ces maroufles/ Ces fainéants barbus, mal peignés…* » comme l'écrivait ironiquement Verlaine, la fin de la course aux éditeurs et aux lecteurs, la fin de la soumission aux volontés des directeurs de théâtre, la fin surtout de l'angoisse de la page blanche… Et terminées aussi les complications avec Violette. Qu'un mot, qu'un geste. Il s'abstint et, feignant de ne pas avoir entendu l'appel de son hôtesse, se contenta d'une réponse polie :

– Je vous remercie infiniment, ma chère Yol, mais il m'est impossible de m'attarder, malgré la douceur des lieux et la qualité de votre accueil. Ma sœur m'attend et je me dois de rentrer bientôt à Paris ; j'ai des projets au théâtre, des livres en cours, des articles à écrire, des amis qui comptent sur moi. C'est ma vie, que voulez-vous. Et je n'ai plus l'âge d'en changer. Faites-moi la grâce de me garder votre amitié et de m'inviter à nouveau à venir causer avec vous littérature.

Et il avait pris congé. Il avait renoncé à faire, comme il se le formulait en esprit, la « conquête de Plassans », reprenant le titre d'un livre de Zola où, sous le nom de Plassans, l'écrivain peignait Aix-en-Provence, la ville où il avait passé son enfance. Quelques jours plus tard, Aicard était à Paris un « *Paris, sale et froid* », comme le dit la première phrase de son roman *L'Ibis bleu*. Dans son appartement de la rue du Luxembourg, il se mit immédiatement à son bureau et rédigea à la hâte quelques vers à l'intention de Yolande :

Le voyageur repart avec le jour
Emportant dans son cœur tout plein d'une heure brève
Une réalité plus flottante qu'un rêve
Un regret infini plus fécond que l'amour.

Après quoi il prit connaissance de son courrier qui comportait plusieurs lettres de Violette : elle souhaitait le voir au plus tôt et l'informait de son changement d'adresse. L'appartement de Saint-Sulpice étant trop cher et plus adapté à la situation, elle avait accepté la proposition de son amie Louise Durand-Claye, momentanément absente de Paris, d'occuper son logement au 69 rue de Clichy. C'est là qu'elle l'attendait pour lui montrer les progrès du petit Jacques qui allait sur ses deux ans, qui avait été souffrant mais qui désormais se portait bien, et pour parler de l'avenir.

– Dois-je lui rendre cette visite, demanda le poète à son ami Loti alors qu'ils déjeunaient tous deux dans une brasserie de Montparnasse. L'officier-écrivain, lié à Aicard par une vieille amitié, née quand ils avaient la trentaine et se retrouvaient dans le salon de Juliette Adam qui les appelait « mes fils », avait été choisi comme confident et conseiller. L'entente entre les deux hommes était totale et sincère, alors que tout semblait les opposer. Au physique d'abord, Loti de petite taille, très mince, presque sans cheveux et imberbe, la moustache conquérante et le sourire rare, contrastait avec un Aicard à la barbe fournie, au regard pétillant et au parler sonore ; d'un côté un mélancolique tourmenté hanté par le sombre océan au bord duquel il vivait ; de l'autre un éternel optimiste inspiré par les rivages paisibles de la Méditerranée ; le protestant austère face au catholique joyeux ; l'homme des déguisements contre celui de la franche bonté. Ils se retrouvaient pourtant sur le terrain de l'écriture et des idées, et Loti, à l'œuvre puissante mais inquiète, sollicitait régulièrement les avis de son ami toulonnais. Sur le chapitre du sentiment, en revanche, le capitaine Viaud, pouvait se prévaloir d'une plus grande expérience. Il conseilla à Jean de voir Violette et de trouver avec elle le meilleur arrangement possible. Il la soupçonnait d'être procédurière et de chercher délibérément le conflit : mieux valait apaiser les tensions.

Le poète se rangea à cette proposition et, après avoir acheté sur les quais deux jolis soldats de plomb pour Jacques et un bouquet de fleurs pour sa mère, alla, sans s'annoncer, sonner rue de Clichy.

Une femme en cheveux vint lui ouvrir, à peine couverte d'un peignoir négligé, une cigarette entre les doigts. Il eut du mal à reconnaître Violette, habituellement si soignée de sa personne. Elle semblait vieillie, fatiguée, privée des agréments de la jeunesse qui avaient conquis le poète. Elle jeta sa cigarette et, visiblement surprise, l'accueillit sèchement :

– Vous, à cette heure-ci, sans prévenir. Je ne vous attendais pas. Que voulez-vous ?

Jean sentit l'incongruité de sa démarche et regretta d'être venu. Violette n'était plus son « petit lierre », son « gentil chien noir » ; elle n'était plus sa maîtresse soumise, son enfant remplie d'amour et de tendresse. Encore moins sa sylphide. Elle était une épouse délaissée, une mère troublée. Il bafouilla quelques paroles convenues, alors qu'elle lui prenait des mains le bouquet de fleurs et le paquet contenant les petits soldats. Puis, en rajustant ses cheveux en désordre, revenue à plus de maîtrise, elle s'excusa :

– Pardon de ma tenue. Je vous remercie de votre visite, mais je ne peux pas vous recevoir. Jacques n'est pas avec moi. Je l'ai confié pour quelques jours à ma sœur Thérèse. Vous l'ignorez sans doute, mais notre mère nous a quittés. Je reviens de Genève. Nous sommes dans la peine. Notre père est bouleversé. Je ne peux m'expliquer avec vous aujourd'hui, je le regrette. Voyons-nous une autre fois, dans quelques temps.

Alors qu'il exprimait sa compassion suite à la disparition d'Hélène Pictet, qu'il insistait pour obtenir des nouvelles de Jacques et quelques mots de conversation, toujours sur le pas de la porte, il crut entendre des bruits au fond de la pièce, comme des chaises remuées, et même quelques bribes de paroles. Elle n'était pas seule. Un homme ? Un amant secret ? Et depuis quand ? Un soupçon l'envahit : malgré ses protestations et ses serments, Violette ne jouait-elle pas un double jeu ? Et Jacques qu'on lui interdisait de voir était-il bien son fils ?

La porte de referma. Il redescendit l'escalier en proie à un affreux doute. Loti avait raison de l'engager à la prudence : les femmes étaient toutes les mêmes, légères et menteuses.

– Ton histoire est bien banale mon bon Jean, commenta l'officier-écrivain quand ils se retrouvèrent à Montparnasse. Nous, les hommes, nous sommes des naïfs, des innocents. Certes, nous pouvons aussi être infidèles, mais sans la même rouerie, sans jurer un éternel et exclusif amour. Elles sont faites pour nous tromper, crois-en mon expérience. Le triste en tout ceci est que tu avais placé sur cette jeune tête une bonne partie de ton idéal et de ton bonheur, de tes illusions même, et que l'écroulement de ce rêve va réagir péniblement sur ton moral. Oublie ta Violette. Garde les meilleurs souvenirs, et travaille tranquillement et virilement à ton œuvre. Tu vas sortir grandi par l'épreuve et, la sérénité retrouvée, nous donner une belle œuvre, puissante, originale. Une sorte de revanche qui te conduira à l'Académie. Ce projet d'un roman d'aventures autour d'un Robin des Bois provençal dont tu m'as parlé, par exemple… Voilà une fière idée qui te rendra riche !

Loti est sans doute dans le vrai. Mais Aicard a du mal à le suivre. Lui, le chantre de l'idéal, ne peut se résoudre à abandonner ses rêves. Il voit en lui-même, il connaît ses faiblesses, il les avoue à son ami :

– J'ai gardé mes illusions jusqu'à hier ; je perds à plus de cinquante ans les illusions que les jeunes d'aujourd'hui perdent à douze ans. Je suis un vieil enfant, un cœur de vieil enfant, une âme de vieil enfant. Et je l'aime toujours. Je l'aime comme mon bien, ma chose et presque (c'est faux pourtant) comme mon œuvre. Je ne peux pas ne pas l'aimer. Et quand je me dis "C'est fini, il faut que ce soit fini", alors arrive le sentiment d'être mort. Elle emplit ma vie depuis six ans, tu comprends. Je suis brisé. Je souffre comme si on me brûlait le cœur et qu'il se torde dans le feu… Je ne sais si je pourrais supporter la vie dépouillée qui m'attend, sans elle… Peut-être pourrais-tu parler avec elle, lui fixer un rendez-vous. Tu lui expliquerais tout, bien doucement…

– Tu es incorrigible, mon Jean. Elle est perdue pour toi, et c'est mieux ainsi. Pense à tout ce que tu lui as donné. C'est elle qui est gagnante. Et elle ne t'est même pas reconnaissante. Prête à se jeter dans les bras d'un autre, tu l'as vu toi-même ! Mais pour t'être agréable, je veux bien la rencontrer. Laisse-moi un peu de temps, car je dois m'absenter de Paris pour quelques jours. À mon retour, je te promets, je la verrai.

L'été approchait et le poète, laissant à son ami le soin de débrouiller ses affaires, impatient de quitter le tumulte d'un Paris obsédé par la future Exposition Universelle, défiguré par des architectures délirantes, assailli par les visiteurs étrangers, prit peu après le train pour se retirer en Provence, l'esprit tranquille. À vrai dire pas tout à fait. Il lui était difficile de convenir que l'aventure avec Violette était définitivement terminée. Il lui était difficile de renoncer à la fraîcheur de sa présence, à l'intensité de ses caresses, à la fougue de ses élans – même si ces moments privilégiés s'achevaient souvent en bouderies ou en d'incompréhensibles crises de mélancolie. Il n'était pas guéri de cette passion tardive qui avait réussi à prolonger en lui un peu des feux de la jeunesse alors qu'il touchait au crépuscule de son existence, que le taraudait le sentiment de la fuite des jours, de la marche vers les inéluctables déclins. L'heure ne lui paraissait pas venue où se calmeraient ces appels infinis du désir. Ce grand rêve vague, trop beau, qui lui rendait insensibles les beautés réelles, devait se poursuivre. Même infidèle, sa sylphide lui apportait, en même temps que le trouble du plaisir, la plénitude du bonheur, et il se sentait prêt à pardonner, à surmonter les supplices de la jalousie, à tolérer même l'ombre d'un rival, celui dont il avait deviné la présence dans l'appartement de la rue de Clichy et qu'il aurait volontiers, comme le mari de l'infidèle Francesca da Rimini, assassiné d'un coup de poignard – avant de tuer également la fautive.

Un autre sujet le tourmentait et l'empêchait d'aborder le séjour varois avec l'habituelle sérénité de ses retraites estivales : l'enfant, le petit Jacques, ce fils dont on disait qu'il lui ressemblait et dont, par un bizarre mouvement de défense, il n'arrivait pas à reconnaître comme son descendant naturel. Ce doute, à vrai dire, l'arrangeait, en le dispensant de s'appliquer à lui-même les préceptes éducatifs qu'il prodiguait dans ses livres. Avec une éloquence sincère, dans des discours publics ou dans des pages de romans, il réclamait des parents des marques de tendresse, d'affection, de chaleureuse protection, ces mouvements du cœur dont il avait manqué et qu'il jugeait indispensables à la construction d'une jeune personne. Alors que ses comportements personnels démentaient crûment ces recommandations abstraites et qu'il en était réduit, vaguement honteux, à confronter ses édifiantes leçons à ses peu glorieuses dérobades. Pourquoi ne trouvait-il ni les gestes ni les mots pour transmettre à Jacques l'amour auquel il avait droit ? Pourquoi tant de maladresse, de réserve, de prudence ? Pourquoi – il s'interrogeait réellement – ce refus de paternité ? Avec le temps, peut-être …

Les premières nuits aux *Lauriers-Roses* furent des nuits d'insomnie, parcourues d'interrogations. Au matin, le visage fermé de Jacqueline, qui se gardait de lui exprimer le moindre reproche, suffisait à le renvoyer à ses tourments. Restait, comme refuge, le travail, la griserie de l'écriture, la plongée dans l'imaginaire, ou, pour l'heure, dans les rares souvenirs heureux de sa jeunesse, comme ceux qu'il mobilisait pour terminer ce nouveau livre qui complèterait *L'Âme d'un enfant* et qui serait inspiré de sa tante Magdeleine. Le titre, *Tata*, lui paraissait parfait dans sa simplicité affectueuse et, comme souvent, il y avait beaucoup mis de lui-même en faisant apparaître un enfant illégitime et un artiste léger, le musicien Pierre Bonnaud, refusant d'assumer son rôle de père.

Restait aussi l'appel de la vie sociale, mondaine presque, un dîner à bord du cuirassé *Colbert* en rade de Toulon, pour répondre à l'invitation de l'amiral Préfet maritime qui attendait de la part du poète qu'il agrémentât la soirée de sa verve et de son talent. Ou la traditionnelle cérémonie de remise des prix au lycée de Toulon pour laquelle il prononcerait, une fois de plus, un discours qu'il ne faudrait pas rendre trop ennuyeux, pour encourager ses « *chers petits camarades* » à croire en la bonté et la générosité humaines, à « *ne pas devenir dupes de l'intrigant et du fripon* » à « *se méfier de la raillerie prise en habitude, de l'ironie de surface qui achemine l'esprit vers les scepticismes profonds* ». Et en prononçant ces viriles paroles il balaierait provisoirement de son esprit ses propres défaillances morales.

Restait aussi à répondre aux assiduités persistantes de Marie-Yolande de Vaulchier. La vicomtesse avait compris que sa relation avec le poète ne pourrait aller au-delà d'une tendre amitié et, à la rigueur, d'une complicité littéraire qu'elle entretenait par une abondante et assez verbeuse correspondance. Depuis son « rocher » de Saint-Antonin, ainsi nommé par elle en raison de sa position sur un versant de la montagne Sainte-Victoire, elle sollicitait Jean sur un projet de livre consacré à Frédéric III de Prusse dont elle se prétendait la lointaine descendante. Des contacts avancés avaient été pris avec Ernest Flammarion qui acceptait de publier l'ouvrage et qui se résignait (sans enthousiasme) au pseudonyme qu'elle avait choisi et dont Jean avait tenté de la détourner : « Destin ». Après Violette, le poète devait à nouveau guider les tentatives d'une débutante en matière d'écriture. Sauf que Yolande, ou plutôt Destin, malgré ses affirmations, se montrait moins docile, lui écrivant « *Je travaillerai comme un écolier si vous voulez être le maître* », mais ne tenant aucun compte des avis du « maître » et notamment des invitations à gagner en sobriété et en clarté. L'ex-mademoiselle de Fitz-James était à la fois prolixe et confuse. Se perdant dans des considérations oiseuses imprégnées de mysticisme et s'égarant dans des digressions stériles à propos d'obscures dynasties. Le poète était consterné et regrettait d'être intervenu auprès de Flammarion en faveur d'un auteur aussi indigne, et plus encore d'avoir accepté de jouer les soupirants. Jacqueline, en revanche, était ravie que les ponts ne soient pas coupés et que tout espoir de mariage ne soit pas écarté. Pour plaider en faveur du divorce, le poète consentit à lire à sa sœur le début d'une lettre venue d'Aix :

« *Mon Jean,*

Il y a en effet un très grand danger entre nous, c'est nous-mêmes, moi déchirée jusque dans mes fibres les plus profondes comme femme, et vous croyant que je vous humilie alors que je vous veux tout en haut et vous ai jamais considéré que comme mon supérieur absolu. Ce qu'il faudrait c'est que l'amour soit plus fort que tout, car lui seul est parfait. »

– Tu le constates, cette femme n'a pas toute sa raison, dit Jean pour mettre un terme aux projets de Jacqueline. Elle est sans doute un beau parti, mais je lui préfère encore Violette, que tu détestes.

– Peut-être Madame de Vaulchier n'est-elle pas la femme qu'il te faut, mais ta catin l'est encore moins. Et habile avec ça, avec cet enfant dont elle te fait croire que tu es le père. Mon pauvre Jean, laisse tes livres et ouvre les yeux sur la vie, la vraie.

Les paroles sont dures. Injustes même. Mais Jacqueline souffre, elle est tenaillée par une autre forme de jalousie. Le poète, peut comprendre, même si ce sentiment lui paraît anormal chez une sœur. En revanche, il ne changera pas, il ne quittera pas ses livres, il n'arrêtera pas de dire le monde à l'aide de mots choisis. Les querelles de femmes ne l'intéressent pas. Il a une œuvre à accomplir. Il est écrivain, et poète.

10

Après trois journées de mistral, le vent s'était calmé et le soleil de juillet avait rendu à la bonne ville d'Orange les chaudes couleurs d'un été provençal, jusqu'à ce que d'inquiétants nuages fassent craindre l'arrivée de la pluie, rare pourtant en cette saison. Nous étions le lundi 13, veille de Fête nationale, au milieu de l'année 1903, et la représentation était programmée pour le soir à 21 heures dans le cadre somptueux du Théâtre antique, décoré, pour l'occasion, de bannières, drapeaux et oriflammes d'inspiration moyenâgeuse. La compagnie, dirigée par la très célèbre Sarah Bernhardt, donnait, pour la première fois, *La Légende du cœur*, la pièce en cinq actes et en vers commandée par la direction du théâtre au poète Jean Aicard. La « Divine », habituée à jouer en travesti, interprétait le rôle du troubadour Guillaume de Cabestaing, de Max celui du braconnier valet de chien, Blanche Dufrène était Alice de Castelnau et son mari, Raymond de Castelnau, était incarné par Decœur. Au total treize comédiens et plusieurs dizaines de figurants, des musiciens, des jongleurs et des montreurs d'ours.

Sur les gradins, dont la restauration était achevée depuis peu, une foule de près de dix mille personnes s'était assemblée, redoutant l'orage, attendant en silence l'arrivée de la nuit, des spectateurs venus parfois de loin ou plus souvent originaires de la région, ces derniers impatients de voir en spectacle une histoire tragique censée s'être passée à la fin du XIIᵉ siècle près de chez eux, entre Arles et

Orange. Des personnalités du monde de la politique – hauts fonctionnaires, élus, dont Camille Pelletan, sénateur des Bouches-du-Rhône – et de celui des arts (Juliette Adam, Anna de Noailles, le sculpteur Alfred Boucher, l'essayiste Édouard Schuré, le poète Jean Richepin, le peintre Joseph-Félix Bouchor) avaient pris place sur les coussins des premières rangées. Le félibrige de Maillane, Frédéric Mistral, déçu que son ami Aicard ait renoncé à la langue provençale, s'était fait excuser en prétextant une indisposition. L'écrivain-officier Pierre Loti, vêtu à l'orientale, un turban sur la tête, était bien là, lui, venu soutenir l'auteur qui, en pantalon blanc, jaquette sombre sur un jabot de dentelle également blanc, couvert d'un grand chapeau et une canne à pommeau d'argent à la main, avait posé avant le spectacle pour des séances de photographies.

Plusieurs amis et parents du poète, venus de Toulon et du Var avaient également fait le déplacement : le fidèle Armagnin, Vigourel (de Bormes), Albalat (de Brignoles) le lieutenant de vaisseau Boiteux qui, sur le *Colbert*, devait reprendre la mer sous peu, et surtout Jacqueline Lonclas, longtemps incertaine en raison de soucis de santé, mais qui, en partie rétablie, s'était fait un devoir d'assister à la nouvelle œuvre de son frère. Marie-Yolande de Vaulchier, retenue à Saint-Antonin par des obligations familiales, avait été contrainte, à regret, de se décommander.

Ce sujet, Aicard l'avait emprunté aux littératures légendaires du moyen âge, au poète italien Boccace qui le reprend dans la quatrième journée de son *Décaméron* où Cabestaing apparaît sous le nom de Guardastagno, et, pour le personnage de la terrible Lionarde, au grand livre d'un de ses maîtres, *La Sorcière* de Jules Michelet. Il s'était fixé pour objectif de créer, selon ses mots, un « drame tragique moderne » et de répondre ainsi à une question qui agitait le monde de la culture : doit-on réserver la scène historique du théâtre antique d'Orange aux œuvres représentant exclusivement des Romains et des Grecs ? Le poète, habilement, avait donné la parole à la Muraille (le grand mur de fond de scène) qui aurait fourni cette réponse : « *Je veux du tragique ; rien autre n'est en harmonie avec ma grandeur* » et, en guise de conclusion : « *Il me suffit que l'action soit excessive, la douleur terrible, l'héroïsme exalté.* »

Le retentissant succès que remporta le spectacle suffit à clore le débat : « Les demi-dieux romains ne sont pas seuls dignes de se mesurer avec la haute et redoutable Muraille romaine » écrivit Jean Lorédan, le chroniqueur de la *Revue d'art dramatique*. Car de l'action, de la douleur et de l'héroïsme, cette *Légende du cœur* n'en manquait pas, qui racontait la très sombre histoire du troubadour Guillaume de Cabestaing, dont l'amour chaste pour sa dame, la pure Alice de Castelnau, va susciter la jalousie du mari Raymond, seigneur brutal régnant sur la contrée. Pour punir le supposé amant, le cruel Castelnau le donne en pâture à ses chiens qui le déchirent, puis fait servir à sa femme, sous l'aspect d'un plat de venaison, le cœur du troubadour. Alice se donne la mort et Raymond est châtié par son suzerain. Nous étions, pour reproduire une phrase d'un autre critique (Julien Bois dans *Le Gil Blas*) « loin des médiocrités et des laideurs, dans les extases généreuses qui sont les cimes de l'Humanité ». Et la grande Sarah, sublime en chevalier idéal, prêt au sacrifice, aurait prononcé un jugement mémorable : « C'est de la férocité dans la lumière ».

Quelques jours plus tard, une fois apaisés les remous du succès, dans la campagne des *Lauriers-Roses,* après avoir accompli le traditionnel pèlerinage du « petit Japon », cette mare d'un coin du parc, entourée de rocailles, de joncs et de papyrus qui rappelait à l'auteur de *Madame Chrysanthème* ses séjours au pays du Soleil-Levant, avec, en fond sonore le bruissement entêtant des cigales, ils s'installèrent à l'ombre des platanes et des pins parasols, et, confortablement assis sur la terrasse en attendant l'heure du déjeuner, les deux amis écrivains, Loti fumant de fines cigarettes et Aicard caressant distraitement son chien Othello couché à ses pieds, prirent le temps de revenir sur la représentation d'Orange.

– Tu nous as donné là un sacré chef-d'œuvre, déclara l'écrivain de Rochefort. Ce triomphe me paraît comparable sinon supérieur à celui de Rostand pour son *Cyrano*. Je commence à avoir pas mal écrit, mais je ne serais pas capable de produire une telle machine théâtrale. Mon bon Jean, tu as toute mon admiration ! Et il est urgent que tu nous rejoignes à l'Académie.

– Merci de tes compliments, frère Julien. J'ai mis l'Académie entre parenthèses pour l'instant. Tu m'as appris à être patient. Peut-être *La Légende* m'apportera-t-elle quelques voix ? Surtout si la reprise à Paris, en septembre, dans le théâtre de Sarah, reçoit un accueil aussi favorable. Quant à comparer nos œuvres, je n'y tiens pas, car je crains d'être perdant. Tes livres n'appartiennent pas au même registre que les miens, mais ils sont d'une tenue exceptionnelle, loin de ce que je pourrais écrire.

– Tu as raison, nous ne sommes pas en compétition et ce genre de comparaison ne sert à rien : nous avons chacun nos lecteurs ou notre public, et c'est bien ainsi. Pour revenir à l'histoire de Cabestaing, tu as eu bien du mérite de t'atteler à un tel sujet poétique, légendaire, situé dans les sphères de l'idéal, alors que je te sais toujours tracassé par cette histoire avec Violette, cette insaisissable jeunette que je n'ai pas pu rencontrer, comme tu me l'avais demandé.

– Mettre en vers cette légende a été pour moi un grand bonheur et une salutaire diversion. Tu le sais, nous autres écrivains, avons besoin d'échapper aux désagréments du quotidien pour entrer dans le monde de l'imaginaire. Je peux même dire que nous avons, à côté de notre vraie existence, une vie de compensation. Le Jean qui te parle, qui fait de la bicyclette, qui prononce des discours, qui inaugure des lycées, qui a aimé à la folie Violette, n'est pas la même personne que le monsieur Aicard qui, à sa table de travail, aligne les mots en vue de construire un poème, une tragédie ou même un roman. Ce dédoublement peut se vérifier encore davantage pour ton cas puisqu'à côté du capitaine Viaud existe l'écrivain Loti, séparant ainsi nettement tes deux activités. J'aurais pu moi-même, comme je l'ai pensé à une époque et si j'avais eu, à côté de l'écriture, une autre profession, me choisir un pseudonyme. J'y ai même eu recours parfois.

– Ta réflexion est juste, vieux frère, sauf, et c'est sans doute vrai pour moi aussi, que l'auteur n'est jamais totalement absent de son œuvre, même quand il la présente comme une fiction. Et qu'en y regardant de près on parvient toujours à déceler des éléments cachés d'une personnalité ou des obsessions secrètes. Ta *Légende du cœur*, empruntée à un fonds de récits médiévaux, racontant une histoire en apparence fort éloignée de toi et de ta vie, nous livre pourtant de surprenantes confidences, probablement involontaires.

– Que veux-tu dire ? À quoi penses-tu ?

– Je ne tiens pas à me lancer dans un savant décodage de ta pièce que j'ai beaucoup aimée, ni dans une inspection des arcanes de la création. Et pourtant … Ton héros Cabestaing, que tu empruntes à la tradition, est bien, comme toi, poète, même si tu l'appelles « jongleur » ou « troubadour ». Il est un peu ton double, conviens-en. C'est par son talent à faire des vers autant que par les traits de son visage qu'il parvient à séduire les femmes, comme le reconnaît Agnès, à l'acte I quand elle s'exclame : « *Qu'un poète doit être un agréable amant* ! ». Peut-être ta Violette s'est-elle dit cette phrase, à une époque, quand elle t'a rencontré. Et quelques autres femmes aussi, comme Mme de Vaulchier. Le joli troubadour lui-même a conscience des pouvoirs du verbe quand, dans la longue tirade de l'acte II, il recourt à cette belle métaphore : « *La parole est un arc dont la flèche est l'esprit* ». Tu vois, je t'ai bien lu. Et bien écouté. Dois-je continuer ?

– Je te le demande.

– Sur le pouvoir des mots, je pourrais encore citer le distique qui sert de refrain à la chanson de Cabestaing, et que tout le monde a retenu :

Écoutez mes chansons, dames et damoiselles …

Si vous mangez mon cœur, il vous viendra des ailes !

Cette métaphore du cœur mangé, plus audacieuse que l'autre, est, elle aussi, parlante car elle nous dit : moi, poète, je vous offre ce que j'ai de plus cher, mon cœur, ma vie, et, par la grâce de ce don qui peut représenter la parole poétique transmise par le barde ou le troubadour, vous pouvez, vous mesdames, et vous tous lecteurs, vous élever vers ce qu'il y a de supérieur, c'est-à-dire la beauté, la bonté, l'amour. J'ai souvenir que Baudelaire dit un peu la même chose dans le poème « Élévation » des *Fleurs du Mal*. Toi, tu es plus direct : celui qui boit à la coupe du poète est comme transfiguré, sublimé, tel le chrétien qui reçoit l'hostie. Si bien que ce cœur servi sur un plateau d'argent et offert à Alice, n'est pas seulement l'illustration de la cruauté du suzerain, c'est une allégorie de l'acte poétique perçu comme un sacrifice en vue de sauver les malheureux humains. Je continue ?

– Fais-moi cette amitié.

– Plus personnel, maintenant. Ce Cabestaing, tendre, pur et courageux poète est, dans la pièce, partagé entre trois femmes : Bérengère des Baux, qui l'a aimé naguère, Agnès de Tarascon qui aimerait l'aimer, et Alice de Castelnau qui est folle d'amour pour lui au point de provoquer sa perte. Trois instances de femmes aimantes. Ta situation actuelle, mon bon Jean, est en bien des points comparable, tiraillée entre trois femmes : Violette, ta jeune et voluptueuse maîtresse, la Vicomtesse, femme mûre en quête de spiritualité et de communion intellectuelle, Jacqueline, sœur possessive et chaste. Et l'amour qui anime les trois femmes de la pièce est à l'origine du drame. Comme de celui dans lequel tu te débats, moins grave cependant. Regardons maintenant les autres personnages. Le très méchant Raymond de Castelnau, prototype du mari jaloux, sorte d'Othello provençal, est le repoussoir de ce que tu as failli être quand tu as soupçonné ta petite Genevoise d'infidélité et cru deviner la présence dans sa maison d'un possible rival. L'affreuse Lionarde, un peu sorcière, véritable Iago féminin, capable de faire naître le doute chez Raymond en accusant l'innocente Alice, peut faire penser (ne le répète pas) au rôle joué par ta très obligeante sœur Jacqueline, que j'aime beaucoup, mais qui n'hésite pas à recourir à la calomnie pour t'éloigner de Violette. Jusqu'à l'enfant bâtard qu'elle finit par étouffer de ses mains qui peut rappeler ta naissance de « mère inconnue » (c'est toi qui m'a confié ce fait incroyable) ou encore ton actuel refus de paternité symétrique du reniement de maternité que revendique la sorcière. Pardon de ces interprétations risquées, mais tu m'y as encouragé. Le poète est comme frappé de sidération. Sans voix. Blême. Avec l'impression d'être mis à nu en public. Contraint d'admettre la pertinence des analyses de son ami. Constatant avec effroi que les artistes peuvent glisser dans leurs œuvres, sans même le vouloir, des informations les dévoilant au grand jour. Des éléments enfouis que le lecteur ou le spectateur avisé parvient aisément, avec un peu de perspicacité, à découvrir.

L'heure du repas approchait. Marthe attendait pour servir. Jacqueline avait déjà pris sa place autour de la table de la salle à manger. La suite de cette éclairante conversation serait pour plus tard.

Le lendemain, à la gare de Toulon, Pierre Loti prenait le train pour Paris.

Il restait à Jean quelques semaines à passer aux *Lauriers-Roses*, belles journées d'été qu'il occupa en se consacrant à l'écriture de sa nouvelle œuvre, dont le titre serait *La Milésienne* et qui ne devrait contenir rien qui puisse être perçu comme une transposition de sa situation personnelle. La leçon avait porté, et en imaginant une histoire se passant dans la Gaule antique, mettant en scène une affreuse mégère aux instincts vils, il pensait déjouer les enquêtes des limiers à la recherche de confidences. Ce qui n'était pas tout à fait réussi, puisque la figure féminine qui donnait son titre à la pièce se révélait infidèle, méchante et capable de faire mourir le fils de son amant. Mais Loti n'était pas là pour découvrir les allusions cachées.

Le séjour à La Garde touchait à sa fin quand le poète reçut, sous pli recommandé, une lettre de Me Raoul Paget, licencié en droit, notaire à Hyères, l'informant qu'il était chargé de remettre en mains propres à Monsieur Jean Aicard un courrier de sa cliente, Madame Loryanne-Pictet, ainsi qu'un lot de photographies concernant un jeune enfant prénommé « Jacques ». Ces documents seraient mis à sa disposition en l'étude de Hyères à partir du lundi 17 septembre.

Après plusieurs semaines de fécondes rêveries poétiques, la réalité ardente de Violette venait de le rattraper, une Violette qui se faisait appeler Madame Loryanne, utilisant le nom par lequel elle avait signé la nouvelle « Une ombre a passé » parue dans la *Revue bleue* en 1898, et qui, plutôt que de lui écrire directement, se faisait représenter par un homme de loi, lui laissant comprendre, par ce moyen, que le temps des arrangements amicaux était révolu et qu'on entrait dans l'ère des combats.

Me Paget le reçut avec une cordialité à laquelle il ne s'attendait pas. Le notaire lui avoua être un de ses fervents lecteurs et admirateurs ; il se sentait très honoré de recevoir chez lui un éminent écrivain varois qu'il rêvait depuis longtemps de rencontrer. Il comptait parmi ses clients le maire de Bormes, Monsieur Vigourel, qui, malgré une odieuse campagne de calomnies, venait d'être réélu aux élections de mai, et qui lui avait vanté les mérites de son ami poète. Celui-ci était le bienvenu en ces lieux, et lui-même se sentait confus de l'avoir obligé à se déranger. Mais le métier avait parfois de ces exigences…

Jean, un peu impatienté, attendait la suite et notamment le courrier de Violette. Le notaire, reprenant un peu de sa gravité professionnelle, ne lui remit pas immédiatement les documents, préférant « replacer les choses en perspective » selon sa propre formulation.

– Madame Pictet a fait appel à mes services alors qu'elle séjournait, l'année dernière, dans notre bonne ville de Hyères, à la villa Mireille, rue Barnéoud, dans les beaux quartiers de la ville. Nous, les notaires, sommes un peu, comme les prêtres, appelés à recevoir les confidences de nos clients. Elle m'a donc expliqué vos relations houleuses, la naissance de votre fils, le jeune Jacques, pour lequel vous n'auriez, d'après elle, manifesté que peu d'attachement, oubliant même, toujours d'après elle, de contribuer financièrement à son éducation. Elle se disposait à recourir à la justice quand, après avoir rencontré un homme qui lui a proposé de l'épouser, elle a souhaité passer par moi pour trouver le terrain favorable à un accord amiable. Elle est actuellement hors de France, et me fait parvenir cette lettre et ces photographies de l'enfant. J'avoue qu'elles sont ravissantes.

Sans jeter un regard sur les photos ni ouvrir la lettre qu'on lui remettait, Jean se leva pour prendre congé, ce qu'il ne put faire qu'après avoir signé le registre règlementaire. Me Paget le remerciait de sa visite, restait à sa disposition et serait très flatté s'il pouvait, à l'occasion, lui dédicacer *L'Âme d'un enfant,* un merveilleux livre qu'il avait adoré.

La première chose que le poète remarqua en ouvrant la lettre de son ancienne maîtresse fut le changement d'écriture. Violette avait abandonné le sage et droit alignement des mots pour une calligraphie résolument penchée vers la droite, signe d'une hâte, d'une irritation, d'une impatience. Marque aussi d'une mue personnelle, comme si elle souhaitait montrer, par ces lettres pointues et agressives, qu'elle n'était plus la gentille jeune fille soumise aux volontés du grand poète, mais une femme émancipée venant réclamer des comptes.

Le contenu de la lettre confirmait cette impression. Les trois premières pages – sur une bonne douzaine – étaient consacrées aux reproches : le Jeanny d'autrefois était devenu un être méfiant, soupçonneux, aigri et profondément injuste. Il affichait en outre une indifférence coupable à l'égard de son fils, fuyant ses devoirs et ses responsabilités. Il avait voulu fonder un foyer, connaître les joies de la paternité et, le moment venu, il s'était lâchement dérobé. De là, elle en venait à l'enfant qui, ayant dépassé les six ans, n'était plus un bébé et était en âge de s'étonner du silence de son père. Jacques, devenu un magnifique garçonnet – les photographies en témoignaient –, sage, obéissant, joyeux, d'une ressemblance frappante avec son géniteur, méritait qu'on se souciât de son avenir. Il portait le nom d'Aicard, ce qui suffisait à créer le sentiment du devoir paternel et à condamner cet inexplicable éloignement physique, moral et social dans lequel il s'était complu.

Il poursuivit la lecture. Si Jean avait décidé, comme le révélaient les apparences, de renoncer définitivement à ses devoirs de père, il devait comprendre qu'on puisse lui trouver un remplaçant, ce que suggérait un passage : « *Un homme jeune, à tous égards distingué, dit "de grand avenir", d'une famille tout-à-fait honorable et de bonne situation financière, m'aime et me respecte assez pour vouloir faire de moi sa femme et de votre fils notre enfant.* »

Cette phrase fit bondir le poète et lui procura une insupportable torture qui l'obligea à interrompre sa lecture. Elle mentait, à l'évidence. Elle l'aimait toujours et cherchait à le faire souffrir en s'inventant un fiancé factice. Il n'allait pas marcher dans un tel chantage. La suite de la lettre semblait anticiper sur ses réactions : il ne devait pas s'étonner que cet homme assez épris et de haute moralité accepte d'élever l'enfant avec le dévouement d'un père. Il avait mûrement réfléchi et sa décision dépendait de celle du père légitime pour lequel il n'éprouvait aucune sympathie, mais dont il respecterait les choix. Il était prêt à s'effacer devant Aicard si celui-ci le désirait, ne souhaitant pas être un « intrus ». Il était sûr de ses choix et ne succombait pas à un coup de tête passionnel. Pour régler cette question, restait à signer le document annexe.

Alors qu'il se disposait à prendre connaissance des quatre feuillets séparés qui complétaient le dossier, le poète, repliant la lettre, fut arrêté par la première ligne à laquelle il n'avait pas prêté attention et qui précisait le lieu de rédaction : Milan, 6, via Ansorino. Quelle bizarrerie ! Que faisait Violette en Italie ? Y était-elle seule ou avec cet « *homme jeune et distingué* » qu'elle présentait comme son futur mari ? Et pourquoi Milan, une ville où elle n'avait aucune attache mais dont il lui avait parlé, où il avait fait jouer ses pièces, où il avait quelques amis ? Avait-elle l'intention de s'installer là-bas, d'y emmener Jacques, l'éloignant de son père, le faisant grandir dans un pays qui n'était pas le sien, où l'auteur Jean Aicard était à peine connu, alors qu'en France sa renommée et ses relations pouvaient être un précieux tremplin social ? Et si cette adresse n'était qu'une mystification, qu'une manière de l'égarer, de le troubler ? Les femmes sont tellement rusées.

Restait à découvrir le fameux document annexe, toujours de la main de la sylphide – qui avait pas mal cessé de l'être. Il s'agissait d'une sorte de mémoire, assez bavard, comme de coutume, par lequel « *Madame Loryanne étant à la veille de son mariage demandait à M. Jean Aicard quel* modus vivendi *il lui plairait d'adopter vis à vis de l'enfant.* » Suivaient cinq items, assortis d'une conclusion, sorte de bilan qui mentionnait : 1) le refus de la mère de se séparer de l'enfant même en cas de mariage ; 2) le rejet d'une situation de garde partagée, inévitable source de conflits ; 3) les manquements de M. Jean Aicard à son rôle de père, sauf pour réclamer la garde de l'enfant ; 4) l'insuffisance de la pension accordée à Madame Loryanne pour élever l'enfant ; 5) la nécessité du renoncement de M. Jean Aicard à ses droits légaux sur l'enfant. Dans l'immédiat (c'était la conclusion), M. Jean Aicard se verrait interdire de voir l'enfant, sauf si, devenu adolescent et de sa libre volonté, celui-ci manifestait le désir de rencontrer son père. On attendait du poète qu'il apposât sa signature en bas du document, précédée de la date et de la mention « Vu et approuvé ».

Jean, rouge de colère, rangea la lettre dans le tiroir de son bureau et, regagnant son cabinet de travail, reprit l'œuvre en cours.

11

Il approchait de son soixantième anniversaire. Presque six décennies, sept cent vingt mois, des milliers de semaines. Autant dire une éternité, pas vraiment, puisqu'un terme était fixé, de plus en plus proche à mesure que le point de départ s'éloignait. Le moment pour lui de jeter un regard en arrière, tel un alpiniste arrivé au sommet de la montagne ou un randonneur ayant atteint le fut fixé à sa marche. Entamer une rétrospective et s'interroger sur sa vie, ses réussites, ses échecs, ses bonheurs, ses illusions, ses espoirs déçus, ses amitiés trahies, ses amours ratées. Le poète est seul face à lui-même.

Il y a ce dont il peut être fier : une trentaine de livres publiés, recueils poétiques, romans, pièces de théâtre, essais, plusieurs dizaines d'articles de journaux, un statut d'écrivain professionnel, l'estime de ses pairs, la protection des plus grands – Lamartine, Hugo, Michelet – un fauteuil promis à l'Académie française. Et, à titre privé, de riches camaraderies, de vraies amitiés, l'affection attentive d'une chère sœur, quelques flatteurs succès féminins.

Et, à côté, tout ce qui lui paraît inabouti, insatisfaisant, inférieur à ses possibilités, des motifs de désenchantement, voire d'amertume. L'Académie qui tarde à le recevoir, bien que Loti lui laisse entrevoir une élection prochaine ; la notoriété qui, en définitive, se limite à un public averti ou composé de méridionaux comme lui ; l'incapacité à peser sur les orientations politiques et sociales en matière d'éducation, de soutien à la jeunesse, d'émancipation féminine, de défense des valeurs laïques aussi bien que des spirituelles. Et aussi, plus intimes, donc plus douloureuses, les blessures personnelles dont celle de l'aventure avec Violette, qui, de promesse lumineuse s'était transformée en pitoyable gâchis.

Avait-il réellement, comme elle le lui avait rappelé aux temps des orages, souhaité faire d'elle son épouse ? Il venait à en douter, à moins de prendre à la lettre des paroles irréfléchies prononcées au lendemain d'une nuit d'amour. Il croyait avoir fait sienne la sentence que lui avait légué son aîné et ami Frédéric Mistral qui venait de recevoir le prix Nobel de Littérature, assurant : « À un poète, il faut une entière liberté », et l'auteur de *Mireille*, lui avait cité en exemple Homère, Virgile, Dante – tous d'une autre époque, alors que beaucoup de contemporains parmi les plus illustres, et Mistral lui-même, démentaient l'axiome en prenant épouse. Les velléités de mariage avaient donc tourné court, faute d'avoir trouvé la compagne idéale, en raison aussi, peut-être, d'une méfiance à l'égard de la femme, créature obscure, mystérieuse, imprévisible, parfois cruelle, comme l'avait été Victoire, sa mère, oubliant de reconnaître son fils, le privant de son affection en le plaçant dans des pensions lointaines, ou des figures possessives, exclusives comme sa sœur, entièrement dévouée à son culte au point de l'étouffer de sa protection.

Violette, après lui avoir accordé cinq années de bonheur complet, venait de lui imposer près de dix années de tourments et, changée d'ange en démon, se préparait à perturber sa vieillesse en prévoyant de le poursuivre en justice. Malgré cet acharnement vindicatif, il ne pouvait se résigner à la haïr, lui étant reconnaissant de lui avoir fait l'offrande de la fraîcheur de sa jeunesse et d'avoir ranimé en lui l'ardeur des sens assoupis. Grâce à elle, sans qu'il y parût, il avait connu une période d'intense créativité devant lui reconnaître une fonction d'inspiratrice, de muse, terme qu'il jugeait mièvre et qu'il aimait à remplacer par celui de « sylphide ». En poussant plus avant l'examen de conscience, il était conduit à s'interroger sur ce que lui-même lui avait apporté : quelques conseils littéraires, des recommandations auprès des directeurs de revue, des lettres enflammées et fréquentes qu'elle attendait avec impatience, des rencontres de personnalités du monde des arts, de rares échappées à deux pour San Remo, Sète, Nice, Saint-Raphaël... et c'était tout. Alors qu'elle lui avait sacrifié ses plus belles années, qu'elle avait tout attendu de lui, qu'elle avait quasiment rompu avec sa famille et ses proches (bien que le professeur Pictet, ayant lui-même refait sa vie, n'avait pas tenu rigueur à sa fille de choisir de mener une vie libre). L'équilibre n'y était pas et Violette pouvait se sentir en droit de réclamer, de se montrer frustrée, trompée, volée même.

La naissance de Jacques aurait dû permettre à la jeune femme de reprendre le dessus, de gagner en considération en donnant un nouveau souffle à une relation vacillante et, conséquence moins avouable, lui attacher davantage le poète qui, un jour prochain, penserait à régulariser leur situation. Or celui-ci n'avait rien changé à ses habitudes, accordant un intérêt distrait à la mère et à l'enfant, cherchant même à échapper à ce qu'il percevait comme un piège ou au moins comme une impasse affective. Les suites du malentendu s'étaient révélées désastreuses.

Bien sûr, il aimait l'enfant, d'un amour vrai, sincère. Comment aurait-il pu ne pas aimer un petit être innocent en quête d'affection comparable à celui auquel il avait, à ses débuts, consacré un long poème et, dans son âge mûr, un émouvant récit à coloration autobiographique ? Il aimait Jacques, mais avec maladresse, avec la gaucherie d'un vieux célibataire prisonnier de ses manies et jaloux de son confort. Il avait du mal à l'admettre, mais cet enfant, loin de le prolonger et de donner un sens à sa vie, venait perturber son équilibre, contrarier ses ambitions. L'enfant ne doit arriver, comme le veut la règle, qu'après le sacrement du mariage. Il en est le prolongement naturel, parfois la récompense. Et lui n'était pas marié. Ce qui lui retirait en partie les responsabilités liées au titre de père. Pour une femme, la situation était autre : elle a porté le bébé dans ses entrailles, le lien est physique, indissoluble. « *Le secret des maternités n'est qu'aux mères* » avait-il écrit dans un de ses livres. Le père, lui, n'a qu'un rôle accessoire, éducatif, matériel, administratif. Il lui arrive alors d'abuser de cette avantageuse position pour faillir à ses devoirs en abandonnant sa famille. Mais est-ce si grave ? On parle souvent de « fille-mère » ; jamais de « garçon-père ».

Ces arguties choquantes avaient valeur d'excuse et plus encore de justification. Et il pouvait en imaginer d'autres, comme quand il se disait qu'avoir partagé la couche d'une jeune maîtresse ne l'engageait à rien. Car d'autres que lui avaient pu vaincre la fragile vertu de la volage Violette – même si l'identité des traits entre Jacques et Jean ne laissait guère de doute sur le lien de parenté. Cette hypothèse de l'infidélité, à laquelle il s'accrochait sans réellement y croire, l'arrangeait et devait expliquer son peu d'impatience à se rapprocher de Jacques.

Alors, à ce stade de l'évolution des rapports entre Violette et Jean, il n'était plus question de sentiment, mais de procédure. Aux amants d'hier s'étaient substitués les notaires, Aicard, malgré ses réticences, ayant confié ses intérêts à un dévoué confrère de Me Paget de Hyères, Louis Muraire, successeur de Me Bertrand, notaire à Toulon, 18, place d'Armes. C'est à lui qu'était revenu la mission de répondre aux questions contenues dans la longue lettre de Violette transmise par l'intermédiaire du notaire hyérois. Au sujet du futur mariage que la prétendue Mme Loryanne se proposait de contracter, M. Aicard faisait répondre qu'il « *n'avait pas de conseil à donner sur cette question.* » Sur les interrogations concernant l'enfant, le poète se proposait d'en assurer l'éducation en acceptant de le confier à sa mère « *à certaines époques à déterminer* ». Si cette solution n'était pas retenue, ce qui était le plus probable, il consentirait à laisser l'enfant à sa mère à « *la condition formelle : 1) qu'il paierait seul les frais d'entretien et d'éducation de son fils ; 2) qu'il indiquerait le genre d'éducation que l'enfant devrait recevoir et qu'il désignerait l'établissement où il devrait être placé ; 3) qu'il aurait le droit de prendre son fils un certain temps chaque année à des époques à fixer.* » Suivaient des dispositions financières : une pension mensuelle de 150 francs serait versée à partir du 15 décembre suivant ; une bourse exceptionnelle de 3 000 francs serait dégagée pour la future intervention chirurgicale que devait subir le petit Jacques.

L'opération n'eut pas lieu, Jacques s'étant rétabli, et l'argent, jamais touché par la mère, resta en dépôt chez le notaire, contribuant à aggraver le litige.

Comme toujours, pour échapper aux tracasseries, le poète se réfugia dans l'écriture. Elle seule avait pouvoir de le consoler et de l'arracher aux laideurs du monde. Elle seule ne trahissait pas, était une amante fiable, sous réserve qu'on s'y consacrât totalement et

141

sans réserve, qu'on lui sacrifiât son cœur, comme le troubadour légendaire Cabestaing.

L'heure lui semblait venue de donner corps à un projet qu'il portait en lui depuis longtemps et que, par scrupule d'auteur ou peut-être par surcroît d'ambition littéraire, il avait toujours repoussé, ne le trouvant pas digne d'élargir sa bibliographie. Un projet dont il s'était ouvert avec hésitation à Pierre Loti qui l'avait encouragé sans réserve : « Mon bon Jean tu es un écrivain populaire attaché à un terroir, et jusqu'à présent tu as refusé d'être un écrivain régionaliste. C'est pour moi une erreur. Assume tes racines auxquelles tu es tellement attaché. Tu n'as pas encore, sauf de manière discrète et presque honteuse, écrit le grand livre qui reliera définitivement ton nom à ta Provence natale. Tes lecteurs l'attendent, ce livre, ils te le demandent, ils te supplient de leur parler de la farigoule, du mistral et des cigales. Crois-moi : tu tiens là un sujet en or et un succès assuré. Et surtout ne te censure pas, n'hésite pas à en rajouter sur le chapitre de la couleur locale. C'est là ce qui plaît. Un sujet en or, je te dis, qui va faire exploser tes ventes. C'est Flammarion qui va être content, ce pingre d'Ernest qui mégote toujours sur les droits ! Quant à l'Académie, elle ne pourra pas nous résister longtemps. »

Ce « sujet en or » lui avait été suggéré, il y avait déjà quelques années, par la rencontre fortuite, chez son ami le pharmacien Alexandre Vigourel, maire de Bormes, d'un personnage singulier, fruste, au parler rude et aux gestes brusques, nommé Ernest Clavel, natif des Mayons, petit hameau près du Luc. Arné, comme tout le monde l'appelait, jouissait d'une solide réputation dans tout le département en raison de ses exceptionnels talents de chasseur, de son esprit libertaire, de sa haine de la maréchaussée, de son sens aigu de la justice et de son goût pour les femmes. Sans être instruit, il semblait doté d'une intelligence supérieure, celle que l'on acquiert au contact de la nature et dans le combat quotidien pour la survie et l'indépendance. Il suffirait à l'écrivain de recueillir quelques uns de ses faits d'armes, de les mettre en forme, au besoin de les enjoliver légèrement, de présenter le tout dans une prose colorée parsemée de mots et d'expressions empruntés au parler local pour produire, sans trop d'efforts, un livre (ou plusieurs livres) qui comblerait les Provençaux, ravis de voir mis à l'honneur un des leurs, et étonnerait les Parisiens (c'est-à-dire tous les non-Provençaux) avides d'exotisme et de divertissement.

Restait à trouver un nom au héros de cette future « épopée du rire ». Comme le modèle était natif des Maures, petit massif montagneux entre Hyères et Fréjus, on le désignerait par son lieu d'origine et on lui prêterait un patronyme qui la rappelle : Maurin. Le titre était ainsi trouvé, *Maurin des Maures*, la paronomase (figure de style consistant à rapprocher des mots de sonorité voisine) contribuerait à populariser ce Panurge des pinèdes, ce Quichotte occitan, ce Mandrin méridional, ce Robin des Bois de Cogolin, de Pignans et de Collobrières, ce cousin, moins burlesque, du célèbre Tartarin de Daudet.

Le poète se mit au travail dans son refuge du premier étage de la bastide des *Lauriers-Roses* et, comme par enchantement, les phrases et les chapitres s'enchainèrent sans résistance après un incipit sobre : « *L'homme entra et laissa grand ouverte derrière lui la porte de l'auberge* ». La machine était en route. Même si les trois mois de l'été 1907 suffirent à peine pour rédiger les quatre cents pages et les quarante-neuf chapitres d'un récit placé sous le signe de la *galégeade*, ou *galéjade*, définie au premier chapitre comme

143

une plaisanterie, une « histoire joyeuse ». Le cinquantième chapitre, absent de ce premier tome, constituerait l'amorce du deuxième volume qui s'appellerait, en forme de surenchère, *L'Illustre Maurin.*

Avec le temps nécessaire à la composition, à la relecture des épreuves puis à l'impression, l'ouvrage était prêt à sortir dès janvier 1908, quand le poète, par une lettre envoyée à son éditeur, demanda de repousser la parution jusqu'au mois de mars. Il ne fallait pas que ce livre « *en dehors de (s)es habitudes littéraires* » surprît les lecteurs et indisposât les académiciens qui se préparaient à élire un nouveau membre au fauteuil laissé vacant par Sully-Prudhomme. En somme, il avait un peu honte de cette publication populaire qu'il avait pris plaisir à écrire mais qui ne pouvait souffrir la comparaison avec les œuvres dont il était fier comme *Le Pavé d'amour* ou *La Légende du cœur.* L'élection eut lieu le 5 mars ; Aicard obtint 7 voix au premier tour, 4 au second et Henri Poincaré fut élu avec 17 suffrages. Il faudrait encore attendre.

Et ne plus différer la parution de *Maurin des Maures* qui, au grand étonnement de son auteur, et à la grande joie de Flammarion, obtint un succès foudroyant, conforme aux prédictions de Loti qui s'empressa de revenir à la charge auprès de ses confrères du quai Conti pour les élections du début de l'année suivante : « Jean Aicard, expliquait-il dans la protocolaire présentation, est le grand poète français de la Provence. Il est aussi le poète philosophique dont l'œuvre est tout imprégnée de sympathie humaine. » Et, il n'omettait pas de citer, à côté du *Roi de Camargue*, le récent *Maurin des Maures*, ouvrage plébiscité par le public qui parvenait à « prolonger dans la prose sa poésie de compassion, de charité et de pardon infini. » Le résultat fut immédiat. Le poète obtint, à la

séance du 1er avril, et après plusieurs tours de scrutin, le fauteuil N°
10 de François Coppée. Loti, dans une lettre envoyée le soir-même,
expliquait en détail les modalités du vote et félicitait le nouvel
académicien : « *Je suis certes plus content que si c'était moi.* »

Cette future entrée sous la Coupole fut perçue par le poète
comme le couronnement d'une carrière, la reconnaissance officielle
de sa patrie pour des années de labeur. Il arrivait même à y voir une
sorte d'absolution, toutes ses fautes ou ses erreurs, notamment
celles concernant la part privée de sa vie, tout se trouvait pardonné
par la grâce de cette onction académique. La guerre que lui menait
Violette depuis presque dix ans ne pouvait plus l'atteindre.

Pourtant, celle qui signait ses lettres du nom de l'imaginaire
Mme Loryanne ne cessait de le poursuivre d'une rancune tenace, se
montrant fermée à tout compromis. Elle avait refusé que Jacques,
qui approchait des dix ans, soit placé au Collège Stanislas comme
le souhaitait son père. Elle avait refusé que le jeune garçon puisse
passer une partie de ses vacances d'été à La Garde. Elle avait refusé
que l'enfant soit confié à une famille d'accueil, terrain neutre où, à
tour de rôle, le père et la mère iraient le voir. Elle avait refusé de
rencontrer son ancien amant qui lui proposait une tentative de
conciliation en présence de divers témoins et arbitres tel le bon
François Armagnin. Jean, qui n'avait vu son fils que deux ou trois
fois depuis sa naissance, avait compris qu'aucun terrain d'entente
ne pourrait le rapprocher de son ancienne sylphide.

Il avait tort, ayant mal évalué l'aptitude des femmes à montrer
des variations d'humeur. Un samedi du mois d'août, alors qu'il
mettait la dernière main à son discours de réception à l'Académie
prévu pour le mois de décembre, Marthe vint le prévenir que deux
dames étaient au portail et demandaient à le voir. « Encore des

solliciteuses qui viennent quêter une dédicace », pensa-t-il en faisant dire qu'il ne pouvait les recevoir dans l'immédiat.

– L'une d'elles s'est présentée comme étant une certaine Violette, ajouta Marthe avec malice, n'ignorant rien des amours mouvementées de Monsieur.

Jean, surpris, revint sur sa réponse et demanda qu'on l'attende dans l'atrium, le temps de ranger ses papiers. Par chance, Jacqueline était absente pour la journée et l'idée de revoir Violette ne lui déplaisait pas, même s'il comprenait mal le but de cette visite. Il n'était pas au bout de ses étonnements, surtout quand son ancienne maîtresse l'aborda avec un avenant sourire :

– Bonjour Jeanny. Je suis heureux de vous trouver en bonne santé. Je suis venu vous proposer de faire la paix et de reprendre les choses à zéro.

Elle avait physiquement changé, légèrement épaissi, perdu la gracile légèreté de l'adolescence ; son visage était moins lisse, son teint moins lumineux ; elle avait souligné ses lèvres d'un rouge agressif qui conférait à son visage une nuance de vulgarité. Heureux toutefois de la voir revenue à de bons sentiments, il adopta le même ton conciliant :

– Merci de cette visite, chère Violette. Je ne m'attendais pas à te voir… Depuis si longtemps… Pourquoi ne pas m'avoir amené le petit Jacques qui ne connaît pas les *Lauriers-Roses* ?

– Il est légèrement souffrant et il est resté chez nous, à la villa Mireille, à Hyères, dans le logement que me loue le docteur Balmoussière dont voici l'épouse qui m'a accompagnée et que je vous présente. Nous vous y attendons, vous êtes le bienvenu.

Était-ce un nouveau piège ? Avait-elle oublié les lettres insultantes, les refus successifs, le recours à la justice, les

146

menaces ? Avait-elle oublié qu'elle lui avait trouvé un remplaçant avec lequel elle aurait dû être marié ? Avait-elle oublié que dix années s'étaient écoulées ? Il avança avec prudence, sans repousser ses propositions, sans y souscrire non plus, demandant à réfléchir, s'informant avec ironie sur ses projets de mariage, posant des conditions au sujet de l'enfant, de la nature future de leur relation.

Ces réserves semblèrent irriter Violette qui immédiatement abandonna le registre de la conciliation pour celui des reproches. La liste en était importante. Le réquisitoire fut sans concession et le verdict brutal : soit la reprise de la vie commune sur de nouvelles bases, soit le procès public. Ce qui pour un académicien serait du pire effet. Le poète, d'un naturel pourtant pacifique, réagit avec une vivacité qui annonçait le retour aux hostilités :

– Je te reconnais bien là, ma pauvre enfant. Tu as toujours cherché à me faire du mal. Tu n'aurais pas dû venir. Ma sœur avait raison de te juger dangereuse.

Cette dernière phrase déclencha un assaut violent :

– Ne me parle pas de cette personne qui te mène comme un toutou, qui me déteste, qui est la cause de notre échec, qui s'est toujours mise entre nous. Je souhaite sincèrement sa mort. Et la tienne, par-dessus le marché. Vous me poussez à bout. Je serais prête à tuer, à risquer les assises, peu m'importe. Je ne sais pas ce qui me retient…

La douce sylphide s'était soudain changée en harpie trop fardée. Madame Balmoussière, gênée, essaya de la calmer avant de réussir à l'entraîner sur la terrasse puis vers le portail, laissant Aicard atterré et tremblant. L'entrevue était terminée. Pas le drame. Jusqu'où sa fureur serait-elle capable de la conduire ? que lui réservait-elle ? qu'allait-elle raconter à Jacques ? à ses amis, auxquels elle écrivait des lettres délirantes ? à la presse, friande de ragots sur les personnalités en vue ?

Il n'y eut pas de suite immédiate à ce lamentable éclat dont Jacqueline ne sut rien, sauf si Marthe, souvent bavarde, s'était laissé aller à une indiscrétion. D'après des rumeurs, Violette aurait quitté Hyères peu après pour regagner Paris ou repartir en Italie ou même en Suisse où l'appelait son père. En tout cas, elle mit beaucoup d'application à être absente de la capitale le jeudi 23 décembre pour la cérémonie de réception du poète sous la Coupole.

Cette date ne convenait guère à Jean qui lui reprochait d'être trop près de Noël et trop menacée par les froidures d'hiver. Il s'y rallia malgré tout. Le début de la séance était fixé à 13 heures, et dès midi une foule de plus de mille personnes avait bravé la pluie pour franchir la monumentale porte Louis-Philippe et prendre place sous les voûtes séculaires afin d'entendre s'exprimer deux brillants esprits et éloquents tribuns. Jean Aicard, en habit vert brodé de feuilles d'olivier, le bicorne sous le bras, la main posée sur le pommeau de son épée décorée d'une cigale aux ailes déployées, se disposait à prononcer, pour commencer, l'éloge de son prédécesseur, l'exquis poète parisien François Coppée, avant de se lancer dans son discours personnel où il rappellerait le hasard et la chance qui lui avait donné « *pour Muse la lumineuse Provence* », l'encourageant à célébrer les rustiques Varois « *fils de Ligure, latins et grecs qui vivent au soleil allègrement* » et respectent l'esprit évangélique. Pierre Loti, auréolé de mystère et d'orientalisme, apporta la réponse, revenant sur les racines provençales du nouvel Immortel, le remerciant de faire entrer en ces lieux « *un peu du soleil de là-bas* », d'apporter « *un souffle de mistral tout chargé de la bonne senteur des pins maritimes* » et d'avoir convoqué tambourins et galoubets pour faire fête et mener « *une farandole sur le triste quai Conti.* »

Le public, charmé, oublia la règle et ne put retenir des applaudissement fournis. Et Jacqueline Lonclas, au premier rang parmi une cohorte d'amis et de proches, essuya une larme en rajustant son chapeau, pendant que le poète, ému lui aussi, cherchait en vain dans l'assistance la frêle silhouette d'un garçonnet de onze ans censé lui ressembler. Jacques n'était pas là : il avait été emmené par sa mère pour profiter d'une promenade au bois de Boulogne.

12

L'habit d'académicien eut la vertu de transformer l'image et le statut du poète, surtout dans sa région d'origine. Il était jusqu'alors un écrivain reconnu et apprécié, il devint un véritable héros réclamé partout. « La rançon de la gloire » admettait-il avec amusement, cédant à toutes les sollicitations, donnant son accord à chacun, aimant à faire plaisir, ne sachant pas, moins que jamais, dire « non », et tirant une secrète satisfaction de cette immense popularité. Il était déjà, depuis longtemps, invité à prononcer des discours solennels pour des remises de prix, à déclamer quelques paroles mémorables ou quelques vers bien frappés à des fins de banquets, pour des commémorations emphatiques (notamment maritimes), des célébrations de toutes sortes, des inaugurations. Il le fut bien davantage, et fut choisi comme parrain ou président d'honneur pour l'Assemblée des Poètes varois, le Cercle des Travailleurs gardéens, le groupe des Francs-Jouteurs toulonnais, la Société des Gens de mer, la célèbre fanfare Mussou, fondée en 1851 à La Garde, qui le remercia de son soutien actif en venant régulièrement, à l'occasion de réceptions, se produire aux *Lauriers-Roses*. Le maire de La Garde, Eugène Blanc, lui proposa de devenir son premier adjoint, avec l'idée de lui céder sa place au prochain scrutin – ce qu'il refusa. Un « Comité Jean Aicard », co-présidé par François Armagnin, fut constitué afin de gérer l'agenda de l'Académicien, de répondre aux multiples demandes, tout en veillant à préserver la tranquillité nécessaire à la poursuite de son œuvre.

Car, comprenant que le temps pouvait lui être compté, Aicard continua à écrire et à publier. Il ne voulait pas que sa nouvelle condition d'académicien devienne, comme c'est trop souvent le cas, un prétexte à la paresse ou une excuse à la stérilité. On l'attendait désormais, après le triomphe de ses deux *Maurin*, dans la veine provençale, et s'il refusait de se voir apposé une étiquette exclusive d'écrivain régionaliste, il n'allait pas se priver de répondre aux attentes de son public impatient de lire ses nouveaux ouvrages consacrés aux aventures de l'insouciante *Arlette des Mayons*, ou à celles, plus réelles, du contrebandier et bandit au grand cœur, un peu cousin de Maurin, le célèbre Gaspard de Besse, ou à d'autres, empruntées à l'histoire locale, concernant par exemple Palamède de Forbin et le Roi René. Il s'écarta fugitivement de cette inspiration méridionale pour rédiger quelques nouvelles pièces de théâtre et en réunir d'anciennes dans une nouvelle édition ; il fit paraître, chez Hatier un recueil poétique illustré destiné aux enfants du cours moyen pour assurer « l'enseignement moral ». Il était très actif.

Pourtant l'essentiel de l'œuvre était déjà accompli et les grandes lignes de sa vie semblaient écrites, n'imaginant pas la terrible épreuve que l'Histoire lui réservait. L'image de Violette s'estompait, rangée dans une part de sa mémoire qu'il revisitait parfois en retrouvant une lettre, un objet ou en écoutant les confidences d'un ami qui avait eu un contact avec son ancienne maîtresse, toujours aussi imprévisible, procédurière, torturée. Elle séjournait une partie de l'année à Hyères, à la villa Mireille, chez le docteur Balmoussière, et lui faisait parvenir, par l'intermédiaire de tiers comme Loti, le peintre Félix Bouchor, le Capitaine de Frégate en retraite Jules Clément et surtout François Armagnin (« un ami vrai » disait-elle), des courriers alarmants dans lesquels elle formulait d'éternelles demandes d'argent, ou laissait entendre qu'elle n'avait plus que quelques mois à vivre ou que Jacques était atteint d'une maladie inguérissable. Elle agita aussi la menace d'une prochaine expatriation, avec l'enfant, en Afrique, peut-être en Tunisie où elle avait des connaissances et où « *Jacques pourrait entamer une nouvelle vie, afin qu'il ne souffre plus des moqueries de ses petits camarades l'interrogeant sur son père* ».

Le poète avait lui-même ses torts, il en convenait. Trop égoïste, trop lointain, trop absent, trop centré sur son œuvre, trop maladroit avec les femmes car tantôt possessif, tantôt distrait, incapable de comprendre les vrais besoins, affectifs et matériels, d'une jeune fille à peine sortie de l'adolescence. Il avait conscience d'avoir, avec Violette, joué à un jeu dangereux, la laissant se brûler à la flamme grisante de l'amour pour un artiste, un homme célèbre, se plaisant à la parer de l'étiquette de *sylphide* alors qu'elle attendait qu'on la considérât comme une vraie femme, se posant fièrement en Pygmalion alors qu'elle n'avait pas les ressources de Galatée. En somme, il n'avait pas été disponible pour une liaison profonde, n'ayant jamais coupé avec son passé, n'étant pas guéri de sa naissance honteuse, de son enfance sacrifiée, pas libéré non plus de ses attaches à un sol, à une terre qui vibrait dans ses tempes, à une mer qui irriguait ses veines. Enfin inapte à assumer une fonction paternelle dont il réussissait à parler avec lyrisme dans ses livres mais dont il ignorait les règles et les devoirs. D'où le monumental ratage avec Jacques.

Entre la date de son élection à l'Académie et le déclenchement de la Grande Guerre, Jean ne put rencontrer son fils qu'à peine à deux reprises, dont une fois à la mairie de Toulon, près du port, dans le bureau qu'occupait Armagnin et où, faute de mieux, avait été fixé le rendez-vous. Le garçon, les cheveux fraîchement coupés, vêtu d'un costume marin, serrant dans sa main des gants de peau et un jonc, lui apparut digne comme un petit homme et s'exprima en des termes directs, simples et affectueux, utilisant le « tu » :

– Mon cher père, je suis bien content de te voir et de penser que tu es si bon pour moi. Maman sera heureuse de savoir que nous nous sommes vus et que tu m'as embrassé tant de fois et offert des livres. Je suis sûr que cela amènera un mieux sensible dans son état, car elle ne va pas très bien. Il est bien dur de rester si longtemps sans se revoir et j'espère que tu viendras nous rendre visite bientôt à la villa Mireille.

Le poète, pour cacher son trouble, lui parla de ses études à l'École Alsacienne où l'avait placé sa mère, de ses résultats scolaires qui, on le lui avait rapporté, étaient décevants, Jacques se montrant peu motivé et parfois insolent. Il fut question aussi de son avenir, de ses goûts, de son amour pour la Provence où le garçon avouait aimer vivre, et des bains de mer qu'il pratiquait intensément et qui lui procuraient un plaisir toujours nouveau. La conversation fut courte car l'adolescent devait reprendre le tram d'Hyères à une station où une personne (qui ?) l'attendait. Jean le raccompagna au pied du bâtiment municipal, lui glissa un billet dans la main et l'étreignit longuement. Jacques prit le chemin de la station, vers la haute ville, et, se retournant, salua son père de la main. Et ce fut tout. Ils ne devaient plus se revoir.

Bientôt la folie des hommes allait précipiter l'Europe dans un épouvantable chaos, rendant dérisoires les conflits intimes et futiles les innovations artistiques. La délicieuse insouciance de la Belle Époque venait s'achever dans une atroce boucherie. Aux beaux quartiers de Paris où paradait une population aisée et mondaine s'opposerait l'enfer boueux des tranchées où tentaient de survivre de malheureux jeunes gens arrachés à leurs campagnes ou à leurs villages. Le monde basculait dans l'horreur et plus rien ne serait comme avant.

Évidemment pas en âge de participer aux combats, diminué de plus par des problèmes de santé et les séquelles de divers accidents, le poète, aux heures sombres de la guerre, se contenta de combattre avec ses armes de toujours, la plume, la voix, les mots, les vers. C'est ce que l'on attendait de lui et c'était là la mission qu'il s'était fixée : des poèmes patriotiques, des articles vengeurs, des discours mobilisateurs, des homélies exaltées où se conjuguaient les appels au courage et à la résistance, la condamnation de la Prusse et de ses mœurs barbares, l'espoir en des lendemains fraternels et en un retour prochain à la paix. Il avait compris qu'en ces temps d'apocalypse, la poésie ne devait plus être un simple ornement gratuit, un « aboli bibelot d'inanité sonore », comme l'avait voulu Stéphane Mallarmé. « *Le vent de la mort a passé sur la corde d'airain* » écrivait-il dans une lettre-préface au recueil de circonstance intitulé *Le Sang du sacrifice*. D'autres poèmes, plus courts et plus directs, parfois repris et chantés par l'artiste populaire Félix Mayol, Toulonnais comme lui, se fixaient pour but de renforcer l'ardeur des poilus et de les aider à supporter le froid, la vermine, les obus, la mort imminente. Les deux hommes, par les visites qu'ils rendaient aux blessés, tâchaient de leur apporter, grâce aux mots et à la musique, un peu de réconfort et un peu de gaîté.

Où était Violette alors que l'Europe s'embrasait ? Où avait-elle conduit leur fils ? Où cachait-elle son ressentiment ? Se mettre en quête de retrouver les traces d'un amour éteint alors que la patrie luttait pour son honneur et sa survie, aurait eu quelque chose d'indécent. Des lettres de Jacques lui étaient parvenues dans lesquelles il était peu question de Madame Loryanne, sauf pour évoquer sa maladie et ses besoins d'argent, et qui s'achevaient généralement par des formules touchantes du genre : « *Ton fils qui t'adore et qui languit de te serrer dans ses bras.* » Parfois le jeune garçon ajoutait à sa lettre un court poème émouvant de candeur et désolant de maladresse. Ne sachant que répondre, Jean se manifestait, par l'entremise de son ami et nouveau représentant légal Me Ferdinand Mouttet, notaire et maire de Signes, en envoyant des mandats.

Au drame de la guerre vint s'ajouter une douleur plus personnelle et plus cruelle, la disparition de Jacqueline Lonclas. Sa chère demi-sœur, celle qui l'avait recueilli dans sa maison, puis, en quelque sorte, élevé, puis toujours soutenu, cru en son destin, protégé – y compris contre lui-même –, s'éteignit le samedi 12 juin 1915 à La Garde alors que le poète, sur un lit d'hôpital à Toulon, tentait de se remettre d'une intervention chirurgicale qu'il venait de subir. Il allait se retrouver seul, sans famille, loin de ses amis que le conflit, cette « *guerre infâme* » selon ses mots, avait dispersés voire, pour certains, éliminés.

Le poète se sent vieilli, fatigué, attiré soudain par le néant. Lui en quête d'amour et rêvant de pitié ne peut se résoudre aux victoires du mal. Il se répète et s'applique à lui-même les vers qu'il composa naguère à l'occasion de la mort de Léon Tolstoï :

J'ai trop vu que ce monde est un enfer de haine :
J'aspire au règne heureux de la tendresse humaine.

La bastide des *Lauriers-Roses* lui échut en héritage. Mais qu'en ferait-il si c'était pour y vivre seul et y chercher en vain l'ombre à jamais perdue de sa très chère sœur ? Une femme peut-être eût réussi à lui rendre le goût de ces lieux de bonheur. La très douce Julia Pillore, mariée à son proche ami, le peintre et sculpteur André-Paulin Bertrand, s'y appliqua, par ses attentions, ses prévenances, ses soins dévoués aux temps de l'hospitalisation. Il entrait dans ces gestes d'attachement un peu plus qu'une tendre amitié ou qu'une simple admiration de consœur – Madame Paulin Bertrand, sous le nom de Léon de Saint-Valéry, pratiquant elle aussi, et avec talent, l'écriture. Julia pour oublier Jacqueline, Yolande, Violette et quelques autres qui jamais n'avaient pu apporter au poète cet irradiant amour qu'il cherchait en écho, comme il l'avait écrit, l'année de ses vingt ans, dans un alexandrin aux accents désolés : « *J'ai beaucoup plus d'amour que de mépris dans l'âme* ». Un amour mal reçu, parce que sans doute mal donné. L'échec de Violette en était la triste illustration.

Il se refusa à habiter plus longtemps, au moins de manière continue, la bastide les *Lauriers-Roses* qu'il confia aux bons soins de Julia pour qu'elle continue à y écrire ses articles et son mari à y travailler avec ses pinceaux et son burin. Le lieu convenait à des êtres chers, amis de l'art et de la beauté. Le poète avait prévu, dans son testament, de léguer à sa mort la demeure aux Paulin Bertrand, conformément à la volonté de Jacqueline qui refusait qu'un quelconque de ses biens allât au fils de l'intrigante. Lui chercherait un ailleurs, en Provence certes, au cœur des Maures sûrement, dans le Var toujours, mais à bonne distance de cette paisible plaine de la Garde plantée d'oliviers que Loti, inspiré, compara un jour à Gethsémani.

Le hasard et la recommandation d'un ami, lui fit choisir Solliès-Ville, paisible village perché dominant la fertile campagne irriguée par le Gapeau, bourg dont il ignorait jusqu'alors l'existence et qui le séduisit immédiatement. En gravissant la colline, il avait été saisi par la vue, avec, au sud, l'étincellement bleu de la mer, à l'est, la chaîne des Maures et au loin les sommets blanchis des premiers massifs alpins. Accolée à l'église Saint-Michel, une petite maison l'attendait, promontoire modeste ouvert sur ces radieux horizons. Il en fit l'acquisition, procéda à quelques travaux et aménagements et la baptisa d'un nom en accord avec sa nouvelle identité : *L'Oustaou de Maurin des Maures*. Là serait son nouveau refuge, là serait créé le petit musée provençal auquel il songeait, là serait l'endroit où il achèverait sa vie.

À peine avait-il pris possession de sa nouvelle habitation où il aimait à réunir des amis pour leur faire jouir, depuis la terrasse-balcon ombragée, de l'exceptionnel panorama ou pour leur lire les ébauches des œuvres en préparation, qu'il accepta, après avoir longtemps hésité, de devenir maire de la petite commune de deux cents habitants en remplacement de Louis Ramel qui ne se représentait pas. Il revenait à l'Académicien vieillissant de réveiller la petite cité endormie aux pieds des ruines de son séculaire château, en redonnant vie aux personnages et aux moments glorieux de son histoire.

C'est ainsi que naquit le projet d'une création théâtrale qui commémorerait le rattachement de la Provence à la France en 1481, voulu par le chancelier Palamède de Forbin, seigneur de Solliès, et accordé par son ami le roi René. Le poète, grâce à sa virtuosité habituelle, n'eut besoin que de quelques semaines pour rédiger sa pièce au double titre : *Forbin de Solliès ou Le Testament du Roi René*. En même temps, le « Comité des amis de Maurin des Maures », créé par le pittoresque Aristide Fabre et le fidèle François Armagnin, se chargeait de l'organisation des deux journées de fête, les 7 et 8 août, où, sur l'esplanade de la Montjoie transformée en théâtre de plein air, au pied des murs du château des Forbin, la troupe de la Comédie-Française emmenée par l'illustre Silvain, viendrait donner deux représentations de cette œuvre inédite aux accents patriotiques.

Les festivités furent somptueuses et Jean Aicard, pourtant usé par l'âge et atteint par la maladie, n'économisa ni son énergie ni son argent pour en assurer la pleine réussite. En ces années de retour à la paix et de reconstruction, l'événement prenait l'allure d'un hommage aux héros de la guerre et aux milliers de disparus dont douze Sollièsins. « *Oui ce sont ces morts-là, disait le maire avec une éloquence intacte, qui ont donné à notre manifestation son sens nécessaire. [...] Les morts de la guerre ont ratifié, signé de leur sang, tous les contrats qui lient la Provence à la France.* » Sous le velum tendu pour protéger les trois mille spectateurs des rayons d'un soleil ardent, dans ce décor naturel fait de vieilles pierres et de frondaisons sauvages, les acteurs se surpassèrent pour donner à l'événement un éclat retentissant.

La deuxième représentation, celle du 8, après celle de la veille qui avait réuni tous les officiels, préfets, amiraux, élus, dont un représentant du Président de la République, était destinée à un public populaire, le prix des billets étant divisé par quatre, comme l'avait souhaité le poète. Celui-ci, tout habillé de blanc s'était volontairement placé au milieu de la foule pour suivre, incognito, le spectacle. Un peu au-delà de dix-neuf heures, après que les acteurs eurent salué, alors que chacun pensait à quitter la colline pour rentrer chez soi et que la fanfare Mussou eut entonné un dernier morceau, il s'avança seul sur la scène pour prononcer quelques mots de remerciements. Les deux journées l'avaient épuisé mais il se devait de mener l'entreprise à son terme et de se montrer à la hauteur. C'est à ce moment qu'il crut reconnaître parmi quelques spectateurs attardés, debout et comme à ses pieds, une silhouette familière. Violette était là, souriante, le regard fixé sur l'orateur, prête à applaudir sa conclusion.

Il se crut victime d'une hallucination. Plus de douze ans qu'ils ne s'étaient pas revus avec, comme seuls contacts, des lettres indignées ou injurieuses, des protestations véhémentes, des menaces, du chantage. Et sa présence inattendue et pacifique en un lieu où elle n'avait rien à faire et alors qu'il avait presque réussi à l'effacer de sa mémoire. Le noble Palamède et sa prestigieuse dynastie étaient sans doute à l'origine de ce miracle.

Il ne put s'empêcher de penser à leur première rencontre, en bien des points comparables, à Genève, dans la salle de l'Athénée, en avril 1893. Il avait alors quarante-cinq ans, elle seize et, comme aujourd'hui, elle était restée discrètement au bas de la scène pour l'écouter puis, à l'invitation de son père, s'était avancée pour adresser un compliment au conférencier. Les deux moments en arrivaient à se superposer. Et Jean, alors, en l'accueillant, devinant que quelque chose allait se passer, s'était rappelé une question du vieux Chateaubriand évoquant sa sylphide de Combourg : « Me viens-tu retrouver, charmant fantôme de ma jeunesse ? […] Fille

aînée de mes illusions, doux fruit de mes mystérieuses amours ? »
La jeunesse s'était enfuie, les illusions s'étaient envolées, les
amours mystérieuses avaient passé. Plus de frêle sylphide ni de
conquérant poète. Simplement un vieux couple meurtri et une
histoire inaccomplie.

Ils s'écartèrent de la foule pour trouver, assis sur un reste de mur
du vieux château, un coin d'ombre où causer. Ils avaient des choses
à se dire, tranquillement. Car la majesté du lieu et la grâce de cette
fin de journée inclinaient à la réconciliation et à l'abandon des
vieilles querelles.

– Je vis presque toute l'année à Hyères, expliqua Violette en
réponse à la question de son ancien amant, et j'ai tenu à venir
assister à la création de votre pièce. C'est un nouveau triomphe,
Jeanny, et je suis fière d'avoir partagé quelques années de votre vie.

– Et moi je suis heureux de t'avoir connue, chère Violette, et je
te remercie d'être venue vers moi. (Il avait, comme naturellement,
repris le « tu » de l'intimité). Je crains toutefois de ne pas t'avoir
toujours apporté ce que tu attendais. Ce dont je suis sûr, c'est de
t'avoir beaucoup aimé, à ma manière du moins. Les poètes, tu le
sais, font parfois de bons amants mais rarement de bons maris.

– Ni de bons pères, ajouta-t-elle à mi-voix.

Il ne releva pas mais, saisissant l'allusion, en vint au sujet qu'il
brûlait d'aborder.

– Et Jacques ? Il n'est pas avec toi ?

– Votre fils est un homme, il n'a plus besoin de moi, il a sa vie,
même si elle n'est pas toujours celle que je voudrais. Il est en train
de se faire une situation, loin de la littérature.

– Te parle-t-il de moi ?

– De moins en moins. Mais il vous admire, il connaît vos œuvres, il porte votre nom, un nom d'Académicien, ce qui n'est pas simple pour lui. C'est un enfant affectueux. Un jour il reviendra vers vous, si vous êtes prêt à l'accueillir.

– Il est trop tard, Violette. Je suis un vieil homme, je n'ai plus longtemps à vivre. Je ne puis rattraper mes erreurs. J'ai tout donné à la poésie, à la littérature, à l'art. Écrire, c'est renoncer. C'est accepter de sacrifier sa vie pour construire une œuvre, d'offrir son cœur pour aider à l'assomption du monde, comme le déclare le troubadour Cabestaing auquel je ressemble. Mon cœur n'était pas assez grand pour recevoir une épouse ou des enfants. Pardonne-moi. Et demande à ton fils de pardonner à celui qui a préféré la poésie à la vie.

Elle rectifia :

– Vous voulez-dire *notre* fils.

– Peut-être, je ne sais plus, je n'ai jamais su. Et Madame Loryanne ne m'a jamais éclairé sur ce point.

– Madame Loryanne n'a jamais existé, Jeanny, et Jacques vous ressemble, même s'il n'est pas poète.

– Je ne lui souhaite pas de le devenir. L'écriture n'est pas la vie, je l'ai compris un peu tard.

– Mais vous laissez une œuvre, un nom pour la postérité.

– Qui peut savoir ce que la postérité nous réserve, Juliette. Elle est ingrate et imprévisible. Peut-être dans vingt ans, quarante ans plus personne ne se souviendra de moi, plus personne ne lira mes livres.

Le jour allait bientôt finir, le soleil déclinant colorait de mauve la plaque de marbre commémorant l'entrée de Palamède de Forbin dans son fief. Les cigales s'étaient tues, une douce fraîcheur descendait des collines, la Montjoie s'était vidée et avait retrouvé son calme. Ils marchèrent un moment sur le chemin de terre jusqu'à la voiture qui devait ramener Violette à Hyères, elle d'un pas alerte mais prudent, afin d'épargner ses chaussures de ville, lui s'aidant de sa canne et traînant une jambe meurtrie. Il aurait souhaité montrer à son amie sa nouvelle maison, *L'Oustaou de Maurin des Maures*, blottie contre l'église moyenâgeuse et ouverte sur la vallée. Mais ils n'en avaient plus le temps, et à quoi bon ? La séparation se fit en silence au niveau du petit cimetière du village, en contrebas des ruines de briques rouges. Le léger vent du soir faisait agiter les hauts cyprès sombres ; le portail de fer, fermant l'entrée de pierre et surmonté d'un fronton triangulaire décoré en son centre d'une tête de mort sculptée, était entrouvert malgré l'heure tardive, comme une invitation à franchir le seuil, un appel...

Il lâcha les deux mains de Violette et la regarda s'éloigner.

CHRONOLOGIE SOMMAIRE

1839 (24 février) : Naissance de Jacqueline André future épouse Lonclas.

1848 (4 février) : Naissance à Toulon de Jean Aicard fils de Victoire Isnard-André et de Jean-François Aicard.

1853 : Mort de Jean-François Aicard ; Jean fréquente l'école élémentaire de Toulon.

1857-1859 : Jean Aicard est élève au lycée de Mâcon.

1859-1865 : Suite des études au lycée de Nîmes. Premiers essais poétiques.

1864 : Accueilli par sa demi-sœur Jacqueline André-Lonclas à Toulon et à La Garde.

1866 : Jean Aicard commence des études de droit à Aix-en-Provence. Reçu bachelier en droit.

1867 : Premier recueil poétique : *Les Jeunes croyances.* À Paris, suite et fin des études de droit.

1869 : Primé par la Société académique du Var (future Académie du Var), puis élu comme membre de cette compagnie.

1870-1871 : Participe à la vie littéraire de la Capitale. Écrit de nombreux poèmes soutenus par Victor Hugo.

1872 : Contribue à la création de la revue *La Renaissance littéraire et artistique* dont il devient rédacteur en chef. Henri Fantin-Latour achève le tableau *Un Coin de table* où, à côté de Aicard, figurent Verlaine, Rimbaud, Camille Pelletan.

1873 : *Poèmes de Provence.*

1874 : *La Vénus de Milo* essai.

1876 : *La Chanson de l'enfant*, poésie.

1877 (1ᵉʳ février) : Naissance, à Genève, de Violette Pictet.

1879 : Rencontre de Pierre Loti dans le salon de Juliette Adam ; début d'une amitié.

1880 : *Miette et Noré*, roman en vers récompensé par le prix Vitet de l'Académie française.

1889 : *Le Père Lebonnard*, pièce en quatre actes et en vers, créé au Théâtre-Libre à Paris.

1890 : *Roi de Camargue*, premier roman de Jean Aicard.

1892 : *Le Pavé d'amour*, roman.

1893 : *L'Ibis bleu*, roman. Jean Aicard à Genève pour des conférences. Rencontre avec Violette Pictet.

1894 : Jean Aicard élu Président de la société des Gens de Lettres.

1895 : *Diamant noir*, Roman.

1898 : Naissance, à Carqueiranne (Var), de Jacques Aicard fils de Jean Aicard et de Violette Pictet ; publication de *L'Âme d'un enfant*.

1903 : Création au Théâtre antique d'Orange de *La Légende du cœur*, drame en quatre actes et en vers.

1908 : Publication de *Maurin des Maures* suivi de *L'Illustre Maurin*.

1909 : Élection à l'Académie française au fauteuil de François Coppée. Pierre Loti apporte la réponse au discours de réception.

1915 : Mort de Jacqueline Lonclas. Jean Aicard hérite des *Lauriers-Roses* dont il cède la jouissance à Julia et Paulin Bertrand.

1916 : Achat, à Solliès-Ville, de la maison qui sera baptisée *L'Oustaou de Maurin des Maures*.

1917 : *Le Sang du sacrifice*, poésies sur la guerre. *Arlette des Mayons*, roman.

1919 : Élu maire de Solliès-Ville ; *Le Fameux chevalier Gaspard de Besse*, Roman.

1920 (7 et 8 août) : Création par la Comédie-Française à Solliès-Ville de la pièce *Forbin de Solliès ou Le Testament du Roi René.*

1921 (13 mai) : Mort de Jean Aicard à Paris.

1969 (21 juillet) : Mort de Jacques Aicard.

1974 (26 février) : Mort de Violette Pictet.

REMERCIEMENTS

Ma reconnaissance va à tous ceux – ils sont nombreux – qui ont écrit sur Jean Aicard et/ou ont défendu son œuvre. Parmi les plus récents, Michèle Gorenc, les regrettés, Jean-Claude Léonide, André Lovisolo, Antoine Marmottans, et bien d'autres auquel il convient d'ajouter *l'Association des amis de Jean Aicard*, ses présidents successifs et ses membres.

Un remerciement appuyé à deux fées qui veillent sur le trésor des archives et documents concernant Jean Aicard : aux Archives municipales de Toulon, Magali Bérenger, membre associé de l'Académie du Var, à la mairie de Solliès-Ville, Vinciane Mégazzini sans qui ce livre, nourri d'une correspondance privée et inédite qu'elle a communiquée à l'auteur, n'aurait pu exister. Merci aussi à Jean-Pascal Faucher qui m'a ouvert les portes (et même les armoires et les dossiers) des *Lauriers-Roses* à La Garde, bastide familiale devenue « Musée Jean Aicard-Paulin Bertrand » (MAB – Ville de Toulon).

Ma dette est encore plus importante à l'égard de deux Aicardiens de longue date, tous deux membres titulaires de l'Académie du Var, dont le travail et les recherches m'ont accompagné au cours de cette aventure littéraire. Je veux parler de mon amie, l'admirable et infaillible Monique Broussais qui, depuis sa colline de Solliès-Ville, défend avec ardeur, générosité et efficacité, par ses écrits et ses actions, la mémoire de l'auteur de *Maurin des Maures*. Et de l'infatigable Dominique Amann, biographe de Jean Aicard (*Jean Aicard - Une jeunesse varoise, 1848-1873*, Éditions Gaussen, 2011), créateur et rédacteur de la très précieuse revue *Aicardiana*, publication en ligne dont la rigueur universitaire et la précision combleront les curieux et surtout les chercheurs (39 numéros parus), responsable également d'un site internet consacré au poète et académicien toulonnais : www.jean-aicard.com.

Merci aussi à Fanny, première lectrice de ce texte, et à David Martin, directeur de Sudarènes, pour son amicale confiance.

Et merci enfin à Véronique Toussaint pour sa superbe couverture et à Louis Imbert pour son très personnel portrait de Jean Aicard.

© SUDARENES EDITIONS
Dépôt légal : Premier Semestre 2022
ISBN : 9782374644561
Directeur de Publication : David Martin
www.sudarenes.com
www.sudarenes.fr